© 2004 Kristi Goldberg
© 2011 Harlequin Ibérica, S.A.
Núñez de Balboa, 56. 28001 Madrid
Título original: Fit for a Sheikh
Publicada originalmente por Silhouette Books, Ltd.
Este libro ha sido publicado originalmente en inglés en 2004

DESAFÍO AL JEQUE

KRISTI GOLD

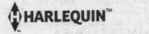

Editado por HARLEQUIN IBÉRICA, S.A.
Núñez de Balboa, 56
28001 Madrid

© 2004 Kristi Goldberg
© 2014 Harlequin Ibérica, S.A.
Desafío al jeque, n.º 1982 - 28.5.14
Título original: Daring the Dinamic Sheikh
Publicada originalmente por Silhouette® Books.
Este título fue publicado originalmente en español en 2005.

I.S.B.N.: 978-84-687-4201-4
Depósito legal: M-4584-2014
Editor responsable: Luis Pugni
Fotomecánica: M.T. Color & Diseño, S.L. Las Rozas (Madrid)
Impresión en Black print CPI (Barcelona)
Fecha impresion para Argentina: 24.11.14
Distribuidor exclusivo para España: LOGISTA
Distribuidor para México: CODIPLYRSA
Distribuidores para Argentina: interior, BERTRAN, S.A.C. Vélez
Sársfield, 1950. Cap. Fed./ Buenos Aires y Gran Buenos Aires,
VACCARO SÁNCHEZ y Cía, S.A.

Prólogo

Durante su carrera universitaria, el jeque Dharr ibn Halim había aprendido todos los vericuetos de la economía, pero también había dominado el arte de la seducción. Sabía cómo llevar a una amante más allá del límite, cómo emplear el cobijo de la noche para revelar las pasiones secretas de una mujer y la luz del día para potenciar el placer. No obstante, durante el año anterior, había aprendido más de lo que le habría gustado acerca de la devastación que puede provocar el amor, una amarga lección que tendría presente el resto de su vida.

Dharr apenas era consciente del inicio de las actividades que había en el exterior del apartamento que había compartido con dos compañeros durante sus años en Harvard. No estaba de humor para celebrar sus logros, ya que con la licenciatura se acababa su tiempo en los Estados Unidos y comenzaba la responsabilidad con su país. Al día siguiente dejaría todo atrás, incluidos sus amigos, el príncipe Marcel DeLoria, segundo hijo de un rey europeo; y Mitchell Warner, hijo de un senador de los Estados Unidos que conocía muy bien lo que era la carga de la notoriedad. El tiempo juntos había sido una oportunidad para revelaciones.

No pensaba divulgar nada durante la reunión

3

de despedida. Elegía retener el secreto que anidaba en lo más profundo de su alma, para no revelárselo jamás a nadie. Eran esos secretos los que mantenían esa noche su mente ocupada, igual que en incontables noches del pasado reciente. Se había enamorado de una mujer que no lo amaba.

Sentado en su sillón favorito, centró la atención en sus amigos. Como siempre, Mitch se había acomodado en el suelo como si sintiera aversión por los muebles. Marc estaba en el lugar habitual que ocupaba en el sofá.

Mitch recogió una botella de champán de la mesa y rellenó todas las copas.

–Ya hemos brindado por nuestro éxito –dijo–. Ahora propongo un brindis por una prolongada soltería.

Dharr levantó la copa en señal de acuerdo.

–Desde luego que brindaré por eso.

Con el champán en la mano, Marc hizo una pausa antes de decir:

–Yo preferiría proponer una apuesta.

Los otros dos intercambiaron miradas suspicaces.

–¿Qué clase de apuesta, DeLoria? –inquirió Mitch.

–Bueno, como todos acordamos que no estamos preparados para el matrimonio, sugiero que respetemos esos términos apostando que los tres estaremos solteros en nuestra décima reunión.

Dharr sabía que le esperaba una batalla para demostrarle a su padre la lógica, y la necesidad, de aguardar diez años para casarse.

–¿Y si no es así?

–Nos veremos obligados a entregar nuestra posesión más preciada.

Mitch hizo una mueca.

–¿Dar mi caballo? Eso sería duro.

Dharr solo consideraría una cosa, el cuadro que colgaba sobre la cabeza de Mitch en la pared. Esa valiosa pieza era su posesión más preciada... una vez que la otra lo había dejado.

–Supongo que la mía sería el Modigliani, y he de reconocer que entregar el desnudo me causaría un gran sufrimiento.

–Esa es la cuestión, caballeros –indicó Marc–. La apuesta carecería de valor si las posesiones fueran insignificantes.

–Muy bien, DeLoria, ¿y la tuya? –quiso saber Marc.

–El Corvette.

–¿Darías el coche del amor?

El tono de Mitch resonó con el asombro que experimentó Dharr al oír el ofrecimiento. Marc deseaba ese bendito coche tanto como deseaba a las mujeres.

–Claro que no –contradijo Marc–. No perderé.

–Ni yo –afirmó Dharr–. Diez años serán apropiados antes de que me vea obligado a tener un heredero –y esperaba que suficientes para sanar sus heridas, de modo que si tenía que casarse, lo hiciera con honor, aunque fuera sin amor.

–Para mí no hay problema –indicó Mitch–. Voy a evitar el matrimonio a toda costa.

Dharr volvió a alzar su copa.

–Entonces, ¿todos de acuerdo?

–De acuerdo –convino Mitch, brindando.

Marc los imitó.

–Que empiece la apuesta.

Aunque Dharr echaría mucho de menos la

compañía de sus amigos, el destino dictaba que aceptara su legado y estuviera a la altura de sus responsabilidades. Si las circunstancias exigían que respetara el acuerdo matrimonial pactado años atrás, al menos tendría la pequeña satisfacción de saber que la joven que le habían elegido había nacido en su cultura. Comprendería su deber, su rango, y lo que conllevaría ser la reina cuando llegara el momento de que asumiera el gobierno de su país, Azzril.

Si ese fuera el caso, y si no pudiera tener a la mujer que amaba, entonces se quedaría con Raina Khalil, simplemente porque era igual que él.

Capítulo Uno

Diez años después

No se parecía en nada a lo que recordaba.

Cubriéndose los ojos para protegerlos del sol de la tarde de abril, Dharr Halim comprendió la enorme transformación de Raina Khalil de muchacha a mujer mientras la observaba con disimulo desde la terraza de su cabaña californiana en primera línea de playa. Habían pasado varios años desde aquellos tiempos en que tenía unas extremidades larguiruchas y el pelo trenzado.

Mientras caminaba por el borde de la playa, Raina se movía con la gracilidad de las olas del océano, sus piernas largas y ágiles. El cabello castaño dorado caía como un manto sobre sus hombros hasta cubrirle toda la espalda. Pero no le ocultaba del todo la piel dorada revelada por un biquini que dejaba poco a la imaginación.

Ella aún no había detectado su presencia, tenía la mirada centrada en una caracola. La distracción le brindaba a Dharr más tiempo para evaluar la inesperada transformación.

Lucía tres aros de plata en el lóbulo de cada oreja y un collar de abalorios de turquesa del color de su bañador. El atuendo limitado mostraba la elevación de sus pechos plenos y el torso desnudo, donde Dharr recorrió un sendero por su vientre hasta el ombligo, exhibía una media luna plateada. Por debajo, la curva de sus caderas y muslos potenciaba la percepción que tenía de los cambios drásticos experimentados.

Pero la última vez que había estado con ella apenas era una adolescente enfrascada en un combate cuerpo a cuerpo con un joven que se había atrevido a desafiarla. Se preguntó si intentaría la misma táctica al descubrir que había ido a escoltarla de vuelta a Azzril.

Teniendo en cuenta la seguridad que irradiaba su porte, Dharr sospechó que esa actitud había cambiado poco. Cuando le dedicó una mirada intimidatoria comprendió que no se había equivocado. Había estado preparado para su renuencia, pero no para el modo en que su cuerpo reaccionó al considerar que su actitud fogosa podía trasladarse debajo de unas sábanas de satén. Era una fantasía que debía resistir.

Hacía poco había decidido que no tenía intención de respaldar el contrato de matrimonio, decisión cimentada en que ella había rechazado su cultura. Por respeto a ella y a su padre, mantendría la distancia, a pesar de que admitía para sus adentros que podría sentirse fuertemente tentado a lo contrario.

Sin detener su avance, Raina subió los escalones que conducían a la terraza, evaluándolo tanto como él la evaluaba a ella, aunque no pareció contenta por su presencia inesperada.

Se detuvo ante él y puso las manos en las caderas.

–Pero si es el apuesto Dharr Halim. ¿Has venido a atormentarme como solías hacerlo?

Su voz había perdido toda semblanza de acento árabe, reemplazado por un acento estadounidense.

–Me alegro de volver a verte, Raina.

–Contesta a mi pregunta. ¿Por qué estás aquí?

–¿Necesito una causa para visitarte?

–Sí, la necesitas. ¿Cuánto tiempo ha pasado desde la última vez que nos vimos? ¿Quince años?

–Doce, para ser exactos. Yo iba a Harvard entonces y fui a pasar el verano a casa antes de que tú te marcharas de Azzril con tu madre. Tu padre te llevó a palacio de visita. Te peleabas con el hijo del cocinero.

–Y tú interviniste, como de costumbre –insinuó una sonrisa que no tardó en desaparecer–. Eso fue hace mucho, por lo tanto, ¿no crees que tengo derecho a mostrarme un poco suspicaz por tu súbita aparición?

–Te prometo que mis intenciones son honorables –aunque sus pensamientos no lo fueran en ese momento. Un hombre tenía que ser ciego, o eunuco, para no reaccionar ante esa indumentaria y las suaves líneas de la figura de Raina, que ofrecían un contacto exquisito a las palmas de sus manos.

Ella se frotó los brazos.

–Continuemos dentro. Empieza a hacer fresco aquí fuera.

Dharr posó la vista en sus pechos. Él se sentía extremadamente caldeado. Se apartó a un lado y, con gesto caballeroso, le indicó la entrada.

–Después de ti.

–Menos mal que no has dicho «las damas primero». No te habría dejado pasar.

Tal como había sospechado, no había cambiado en lo referente a su espíritu independiente, pero al menos lo había dicho con una sonrisa.

–No cometería semejante error, Raina.

–Bien –miró hacia la entrada de vehículos, donde él había aparcado el sedán blanco–. ¿Sin limusina? ¿Ni guardias armados?

–Es un coche alquilado. Los guardias no son necesarios en este momento –sonrió–. A menos que tengas la intención de echarme.

–Eso depende del motivo de tu visita –pasó a su lado, dejando una estela de olor a mar, sol y cítricos. Una vez dentro, indicó un taburete alto ante una barra que separaba la pequeña cocina de la zona de estar–. Siéntate. No es mucho, pero es mi hogar.

Dharr retiró el taburete y se sentó, esperando que Raina ocupara el de al lado. Pero solo dijo:

–Voy a cambiarme y, mientras tanto, puedes contarme por qué has venido.

Se dirigió al cuarto de baño, dejó la puerta abierta, sin protección o intimidad ante ojos curiosos... Podía ver la parte frontal del torso de Raina en el espejo del tocador.

Aunque pensó que lo mejor sería apartar los ojos, no dio la impresión de poder desviar la vista de ese cuerpo, fascinado porque pudiera mostrarse tan desinhibida.

Cuando alzó las manos hacia las tiras que se unían en su cuello, ocultas debajo del pelo, Dharr preguntó:

–¿No tienes un dormitorio? –su voz sonó con un deje claramente tenso, reflejando la sacudida sexual que había recibido al verla.

Una vez suelto el sujetador del biquini, lo sujetó con el antebrazo sobre los pechos. Le gustó lo que vio cuando ella bajó la parte superior... unos pechos en forma de lágrima coronados por unos pezones casi rojizos que encajarían perfectamente en sus manos y en su boca.

–Y ahora cuéntame a qué debo esta visita –pidió mientras se quitaba la parte inferior del biquini.

Dharr solo pudo percibir leves detalles de los glúteos bien formados debido a que el tocador ocultaba el reflejo de cintura para arriba, mientras el pelo le cubría casi toda la espalda. Sin embargo, bastó para dejarle la mente en casi total bancarrota.

Carraspeó.

–Si hubieras leído mis cartas, entonces sabrías por qué he venido.

–¿Qué cartas?

Se pasó un top de color turquesa por la cabeza y Dharr observó la caída de la tela e imaginó que su propia mano hacía lo mismo por su cabello y su espalda. Pero él seguiría bajando...

–Dharr, ¿qué cartas? –repitió al separarse el cabello del top y ponerse unas braguitas de escueto encaje.

–Hace poco te envié dos cartas. ¿No las recibiste?

Al final se puso unos pantalones holgados, dio media vuelta y regresó al cuarto.

–No recibí ninguna carta. ¿Las mandaste aquí?

–Hice que las enviara mi asistente. Quizá fueron a la dirección equivocada.

Se recogió el pelo y se lo aseguró en lo alto de la cabeza con una cinta elástica negra.

–Acabo de mudarme de la casa de mi madre. Quizá las tenga ella.

–Quizá.

Se apoyó en el mostrador y lo escrutó con unos ojos dorados tan claros como una joya fina.

–Podría llamarla para preguntárselo, pero ya que estás aquí, ¿por qué no me lo dices tú con tus propias palabras?

La noticia que tenía que transmitirle no sería agradable. Se levantó del taburete y cruzó la zona de estar para contemplar un óleo que reposaba sobre un caballete cerca del gran ventanal que daba a la entrada. El cuadro era de una joven de perfil, erguida en medio de un desierto que contemplaba un terreno montañoso. Parecía perdida y pequeña en esa extensión de arena.

Miró a Raina.

–¿Lo has pintado tú?

–Sí. Es un recuerdo que tenía de Azzril de pequeña. Recuerdo sentirme muy insignificante en todo ese espacio abierto.

–Es muy bueno –regresó al mostrador y se quedó frente a ella–. ¿Te mantienes con tu arte?

Ella cruzó los brazos.

–No, enseño en una pequeña universidad privada. Tengo un máster en Historia del Arte. Y aún no has contestado mi pregunta. ¿Qué decían tus cartas y qué haces aquí?

–Estoy aquí por petición de tu padre.

Ella entrecerró los ojos súbitamente coléricos.

–Más vale que no tenga nada que ver con ese arcaico acuerdo matrimonial.

–Te aseguro que no. Por lo que a mí respecta, ya no existe.

–Intenta decírselo a mi padre.

–Tendrás que exponérselo en persona cuando lo veas los próximos días.

Se puso rígida.

–¿Papá va a venir?

–No. Tu padre desea que vayas a Azzril de inmediato. Me ha enviado a escoltarte.

Ella suspiró.

–Dharr, soy una adulta, no una niña. No hago las maletas y me marcho cuando lo dice mi padre, así que no me importa lo que él desee.

–¿Y si se trata de su último deseo?

–No entiendo –sonó insegura y pareció casi tan desamparada como la niña del cuadro.

Idris Khalil le había insistido en que presentara una situación severa para convencer a Raina de ir a Azzril. Era cierto que el anterior sultán tenía una enfermedad grave, pero sugerir que se hallaba a las puertas de la muerte era una exageración.

–Es muy posible que tu padre esté enfermo del corazón, Raina. Se le ha ordenado guardar reposo.

El rostro de ella mostró incredulidad.

–Vino a verme hace dos meses.

La revelación sorprendió a Dharr. Por lo que él sabía, el sultán no había estado en contacto con su hija, aparte de llamadas telefónicas.

–¿Ha estado aquí?

–Sí. Todos los años, a veces dos veces por año, desde que me marché de Azzril. La última vez que lo vi, parecía en perfecto estado.

–No es un hombre joven, Raina.

–Pero es fuerte. No puedo creer…

Creyó detectar lágrimas antes de que bajara los

13

ojos. Le tomó la mano para consolarla, y le sorprendió que no se la apartara. Los dedos largos y delicados parecían frágiles en su palma y sintió el impulso de protegerla, tal como había hecho muchos años atrás.

—Eres su única hija, Raina. Su única familia. Te necesita a su lado durante la recuperación.

Lo miró. El optimismo había reemplazado la angustia en el rostro hermoso.

—Entonces, ¿se va a recuperar?

—Los médicos no están seguros de la extensión de su dolencia en este momento, pero no se encuentra en peligro inminente. Se muestran cautelosos y lo vigilan. Ha estado en reposo desde su alta del hospital.

Raina se soltó y Dharr se sintió extrañamente despojado.

—¿No está en el hospital?

—Lo estuvo. Durante un día sufrió dolores en el pecho. Aunque no se lo aconsejaron, él insistió en que quería marcharse.

—Es tan condenadamente terco —musitó ella.

—Sí, y ayudaría mucho si pudieras convencerlo de descansar.

Ella rio sin alegría.

—Como no lo encadene a la cama, dudo de que pueda mantenerlo en ella si no quiere cooperar.

—Cuento con que logres convencerlo.

—La universidad no acaba hasta el mes próximo. He de encontrar a alguien que se ocupe de mis clases.

—¿Es posible?

—Sí. Y tendré que hacer las maletas. Probablemente, tenga que llamar a mi madre, pero eso

14

puedo hacerlo cuando llegue a Azzril. De lo contrario, podría tratar de convencerme de no ir.

–Entonces, ¿doy por hecho que has decidido venir conmigo?

Lo miró ceñuda.

–¿Qué elección tengo? Si mi padre me necesita, entonces he de estar con él.

Dharr se sintió complacido y sorprendido de que no hubiera presentado ninguna resistencia real.

–Podemos marcharnos por la mañana. Mi jet privado aguarda instrucciones para el regreso.

–Quiero salir esta noche.

Otra revelación inesperada.

–¿No sería mejor un descansar antes?

–Es un vuelo de veinticuatro horas. Puedo dormir en el avión.

–Si es lo que deseas.

–Lo es –se apartó del mostrador–. Me daré una ducha rápida y luego llamaré al director de la universidad. Si quieres algo para beber, lo encontrarás en la nevera.

Tuvo ganas de unirse a ella, que fue al cuarto de baño y en esa ocasión sí cerró la puerta, dejándolo solo.

Había otros óleos expuestos aparte del de la niña, el cuadro del rincón sobre un caballete atrajo su atención. Aunque no estaba acabado, no le costó discernir que se trataba de una mujer medio desnuda con pelo largo y claro mirando al mar, con un hombre de pie a su lado, el rostro girado, un brazo en su espalda y con la mano reposando sobre los glúteos en una exhibición de posesión.

Aunque no albergaba planes para que Raina Khalil fuera su esposa, aún podía imaginar cómo sería tenerla en su cama.

Y esas fantasías deberían permanecer como tales… solo fantasías. Sin embargo, iba a embarcar en un vuelo de veinticuatro horas con ella. No sucumbiría a impulsos bajos, aunque una parte precisa de su anatomía pudiera decirle otra cosa.

Era enorme.

Raina había esperado un avión privado más pequeño, no una mole voladora de metal. Pero no sabía por qué se sorprendía. Dharr Halim no se conformaría con nada menos en cualquier cosa que eligiera.

No obstante, odiaba volar. De hecho, no había volado desde la noche que había dejado Azzril hacia América. De no haber sido por la enfermedad de su padre, no habría vuelto a subir a un avión.

Mientras ella avanzaba por el pasillo del avión, él la seguía a una distancia mínima, poniéndola más nerviosa con cada paso que daban. Siempre la había puesto nerviosa, incluso de niña… le provocaba la clase de incomodidad que surgía de estar en presencia de un hombre demasiado magnético, con un cuerpo que haría que una mujer cayera a sus pies y le besara los zapatos caros con los que caminaba. Y en parte porque desde niña había sabido que lo habían elegido para ella.

Pero no podía permitirse ninguna distracción con él. Eran demasiado diferentes. Los padres de ella jamás habían logrado superar esas diferencias y su separación casi la había destruido. Los quería a los dos en exceso, pero había crecido siendo un peón en la guerra de voluntades que libraban... Aunque ya no lo era. En ese momento era una mujer independiente, y tomaría sus propias decisiones. En ellas no se incluía ceder a la insistencia de su padre de casarse con Dharr Halim. No tenía deseo alguno de hacer nada con Dharr Halim.

Sabía que eso no era exactamente cierto. En cuanto lo descubrió de pie en el porche, imponente y arrebatador como la última vez que lo había visto, se había imaginado haciendo algunas cosas con él entre las que no figuraba el matrimonio. Pero sí la consumación.

Dos hombres con trajes oscuros se pusieron de pie cuando pasó por una zona que parecía un salón con ocho sillones blancos, los hombres, que ella supuso que serían guardaespaldas, le ofrecieron unas sonrisas educadas y le hicieron un gesto de asentimiento a Dharr cuando este les dijo en árabe:

—Que no nos molesten.

Él se quitó el abrigo y lo arrojó sobre una hilera de asientos, pero se dejó puesto el *kaffiyeh* blanco, asegurado por la banda dorada y azul que denotaba su rango real... lo único que lo diferenciaba del resto de ocupantes del avión, separándolo de casi todos los hombres que Raina había conocido, aparte de su padre. Servía como símbolo de prestigio, riqueza y todas las cosas de las que ella había prescindido al irse de adolescente a los Estados Unidos. Prefería estar en compañía de gente corriente, no de coronas o *kaffiyehs*.

Tenía hambre. Después de todo, no había cenado.

17

Dharr la condujo más allá de unos sillones y por una escalera de caracol. Tuvo que sujetar la barandilla con fuerza mientras seguía observando su trasero. Al llegar a lo alto, él abrió una puerta y reveló… ¿una cama? Una cama enorme cubierta por un edredón de satén de color marfil, con armarios empotrados a ambos lados del cabecero.

Raina se detuvo y lo miró.

—Es un dormitorio —observó ella.

Él esbozó una sonrisa a medias que insinuó unos dientes perfectos y blancos.

—Sí, tiene una cama, pero también una zona que sirve como despacho. Aquí dispondremos de más intimidad.

Ese era el problema para Raina. No creía que debiera acercarse a una cama con Dharr, y menos en un avión, donde la única salida era la puerta de emergencia.

—¿Vas a pasar?

Raina se pasó la bolsa de viaje amarilla de un hombro al otro. Animó a sus pies a moverse, y una vez dentro, se sintió aliviada al ver que a su izquierda había una mesa y más sillas, junto con un escritorio empotrado.

Después de dejar la bolsa en el suelo y empujarla con un pie bajo el borde de la cama, se sentó en el colchón y lo probó con las palmas de las manos.

—Es cómodo.

—Sí, lo es.

Alzó la vista y vio que los ojos de Dharr habían adquirido un tono negro azabache, lo que hizo que se levantara de la cama como si de una rampa de lanzamiento se tratara.

Él indicó los sillones que había frente a la cama.

—Tendremos que ocuparlos para el despegue. Después de que el piloto nos dé el visto bueno, tendrás libertad para hacer lo que quieras, sentarte o echarte… lo que te apetezca.

Sentarse parecía lo más sensato. Con eso en mente, ocupó el sillón más alejado de la ventanilla. Lo que más odiaba eran los despegues y los aterrizajes. Dharr ocupó el asiento a su lado sin dedicarle una segunda mirada. Olía de maravilla, como un bosque después de la lluvia, limpio, fresco y lleno de secretos.

Lo miró un momento.

—¿Es necesario que lleves el *kaffiyeh*?

Pareció ofendido.

—En los negocios, sí. Impone respeto.

—Pero ahora no estás de negocios.

—Cierto.

Se lo quitó y lo arrojó sobre la mesa cercana. Luego le dedicó esa sonrisa mortífera.

—¿Deseas que me quite algo más?

Su cuerpo amenazó con derretirse con el placentero pensamiento de él desnudándose.

—Muy gracioso.

—Me alegro de haberte divertido.

No la divertía en absoluto. Pero sí hacía que transpirara con esa sonrisa letal y esos ojos negros de dormitorio.

Por la megafonía interior una voz anunció que habían recibido autorización para despegar, sobresaltándola.

Dharr la miró preocupado mientras se abrochaba el cinturón de seguridad.

—¿Te da miedo volar, Raina?

No se atrevía a admitir que le daba miedo nada,

aunque así fuera. Clavó la vista al frente para que él no viera ese miedo cuando el avión se alejara de la puerta.

–Los aviones no me entusiasman. Evidentemente...

–Raina...

–... fueron diseñados por hombres, si analizas su forma.

–Raina...

–Gigantescos símbolos fálicos con enormes motores.

–Raina.

Lo miró.

–¿Qué?

–Abróchate el cinturón de seguridad.

Estupendo. Lo único que la protegía de verse sacudida como una muñeca de trapo y se había olvidado ponérselo.

Después de asegurárselo, se apoyó en el asiento y se aferró a los reposabrazos. El avión se dirigió hacia la pista mientras ella se esforzaba en tener pensamientos positivos, pero sin éxito. Odiaba sentirse tan fuera de control.

–Es antinatural que algo tan grande te transporte por el aire.

Dharr se inclinó y su aliento cálido le rozó la mejilla.

–Algunos dicen que el tamaño es importante cuando se trata de alcanzar nuevas cumbres.

Lo miró burlonamente seria.

–No has cambiado nada, Dharr Halim. Siempre el bromista. Pero, al parecer, has pasado de atormentarme por mis rodillas huesudas a soltar indirectas dudosas.

Le recorrió lentamente el cuerpo con la mirada.

–Y tú has pasado la fase huesuda.

Antes de que pudiera responderle, los motores cobraron vida. Cerró los ojos, preparándose para el momento en que ese tubo de acero los lanzara al aire y rezaba para que llegaran sin incidentes.

Cuanto más alto bramaba el motor y más rápido iba el aparato, con más fuerza sujetaba Raina los reposabrazos.

–Vamos, vamos, vamos…

La boca de Dharr le cubrió la suya, cortando el cántico nervioso y sus pensamientos. No recordaba que eso formara parte de las instrucciones de seguridad. No recordaba recibir esa clase de servicio. De hecho, no recordaba ni su propio nombre.

Introdujo la lengua lentamente, en una incursión suave entre sus labios entreabiertos. Raina sentía la cabeza en las nubes cuando le separó las manos de los reposabrazos y entrelazó los dedos con los suyos. Con cada incursión de esa devastadora lengua, perdía algo más de cordura. El corazón le latía más y más, pero solo le importaba la boca de Dharr sobre la suya. El aroma, la fragancia, la habilidad.

El se separó y le dedicó otra sonrisa demoledora.

–Creo que hemos completado con éxito el despegue.

Raina se inclinó para mirar por la ventanilla, solo vio cielo, el sol que se ponía y vestigios de nubes. No tenía ni idea de cuánto había durado el beso ni por qué lo había permitido. Y la enfurecía que Dharr se hubiera aprovechado de su miedo.

–¿Por qué lo has hecho?

–Para sacar tu cuerpo y tu mente de este avión.

Debía reconocer que lo había logrado, y con eficacia.

–No has jugado limpio.

–No era un juego, Raina. Era algo serio.

–Supongo que debería darte las gracias –murmuró ella.

–De nada. Y si deseas que vuelva a distraer tu atención durante el vuelo, por favor, no tienes más que decírmelo.

–Vaya, gracias por pedirme permiso esta vez.

–¿Esta vez? –enarcó una ceja.

Lo miró fijamente.

–La última vez. No vamos a hacerlo.

–Creo que ya lo hemos hecho –le deslizó un dedo por la mejilla lentamente–. Cualquier otra cosa que necesites de mí, solo tienes que pedirla.

Solo necesitaba una cosa, su ausencia, para poder retener el control. Pero como eso iba a ser imposible en las siguientes veinticuatro horas, comprendía que debería ser fuerte. De lo contrario, podría terminar usando la cama cercana para algo más que dormir.

Capítulo Dos

Raina Khalil sería una amante excelente. Eso había decidido Dharr nada más besarla espontáneamente. Un comienzo bastante bueno para su reencuentro… y peligroso.

Mientras la veía consumir el sándwich vegetal sin alzar la vista, se dio cuenta de que Raina también ponía todo en el acto de comer. Era extraño que se quedara tan silenciosa una vez que habían despegado.

Apartó el plato vacío y se limpió los labios con la servilleta.

—Estaba delicioso.

—Lamento no haber podido preparar una comida caliente, pero apenas hemos dispuesto de tiempo.Tomó la botella de burdeos y le preguntó—: ¿Quieres un poco más de vino?

—Si tenemos en cuenta la altitud, lo más probable es que me emborrache si bebo otra.

Le rellenó la copa y dejó a un lado la botella.

—Quizá te relajes.

—Estoy relajada —la apartó y desequilibró la copa. Él la atrapó antes de que pudiera volcarse. Sonrió.

—¿Estás segura?

—Sí. Solo he sido torpe —juntó las manos sobre la mesa—. Dime, Dharr, ¿tienes el control total ahora?

–¿El control de qué? –desde luego, no de sus impulsos carnales en compañía de ella.

–¿Diriges el país?

–Ahora mis padres están de viaje y yo me he hecho cargo de casi todas las obligaciones de mi padre, aunque él sigue siendo el rey.

–¿Ha cambiado mucho Azzril?

–Hemos ampliado la universidad y también el hospital de Tomar. Estamos desarrollando métodos agrícolas más modernos y ayudando a las ciudades más pobres en su crecimiento.

–¿Tienes alguna mujer? –se arrepintió de la pregunta en el acto–. Quiero decir si hay alguna mujer en un puesto de responsabilidad.

Dharr se reclinó con la copa de vino en la mano y disfrutó del ligero rubor en sus mejillas. Se preguntó cómo estaría con todo el cuerpo arrebolado.

–Sí, doctoras, abogadas, profesoras.

Ella tuvo que mirarlo.

–¿Y qué me dices de puestos en el gobierno?

–Ahora no, pero es solo cuestión de tiempo. ¿Estás interesada?

–Diablos, no. Solo sentía curiosidad. Mi madre siempre se quejó de que las mujeres tenían poco poder en Azzril.

Él había logrado que eso cambiara en los últimos diez años.

–Y tu madre, ¿se encuentra bien?

–Se siente sola. Nunca ha salido con nadie desde que dejó a papá.

–Tal como yo lo entiendo, sigue casada con tu padre.

Raina estrujó la servilleta.

–Técnicamente, sí. Ninguno de los dos ha pensado en el divorcio. Creo que eso es ridículo. Si no van a vivir juntos, ¿por qué no ponerle fin para poder continuar con sus respectivas vidas?

–Quizá ambos están llenos de orgullo. Y el divorcio todavía no está bien considerado en Azzril.

–Mi madre es de Estados Unidos, donde es tan corriente como los coches en las autopistas.

–Y el compromiso se toma muy a la ligera –posó la mano sobre la de ella cuando dejó de jugar con la servilleta.

Ella la apartó y se encogió de hombros.

–Si no se puede vivir juntos de forma apacible, ¿por qué prolongar la agonía?

–Supongo que en algunos aspectos tienes razón, pero yo veo el matrimonio como un acuerdo que puede ser mutuamente beneficioso si se mantiene la perspectiva apropiada.

–¿Qué beneficio podría haber?

Él bebió un trago de vino antes de mirarla a los ojos.

–Se me ocurren muchos modos en que un hombre y una mujer pueden beneficiarse el uno del otro. Para empezar, la procreación. Otro es el proceso de procreación.

Ella cruzó los brazos con expresión de desafío.

–Ni el mejor sexo ni todos los bebés del mundo pueden ayudar a una mala relación. La pasión se desvanece y, si detrás de eso no queda nada, entonces solo hay un trozo de papel y odio.

–Si no te entregas a las emociones, entonces el odio no entrará. Es más importante el respeto.

–¿Afirmas que el amor debería evitarse a toda costa?

–¿Afirmas que crees en algo tan frívolo como el amor?

–Jamás he estado enamorada de un hombre, pero el amor que siento por mis padres es muy real. ¿Tú no quieres a los tuyos?

–Sí, pero es diferente.

–¿En qué?

–Sé que el amor que me tienen mis padres es incondicional.

Ella esbozó una sonrisa débil.

–Oh, comprendo. Alguien te ha roto el corazón.

¿Cómo podía saberlo? ¿Acaso era demasiado transparente?

–Sencillamente, no considero que sea demasiado inteligente entregarse a emociones intangibles.

Raina se puso de pie y lo miró.

–Ser tan cínico debe de ser tedioso.

–¿Adónde vas? –preguntó al verla alejarse de la mesa.

–Al cuarto de la niñas pequeñas y luego voy a prepararme para irme a la cama, si eso te parece bien, jeque Halim.

–No tengo objeción. Para eso hay una cama.

Ella sonrió con escepticismo.

–Oh, apuesto que la pusiste ahí para dormir.

–¿Para qué, si no?

–No te hagas el tonto conmigo, Dharr. Sé que ya has traído mujeres a este avión. Un hombre como tú, no pasaría su vida adulta sin unas cuantas amantes.

No iba a negárselo, pero no había habido tantas, y ninguna había significado algo más que un medio de gratificación. Excepto una.

–¿Y tú, Raina?

Sacó la bolsa de debajo de la cama y se la pasó al hombro.

–¿Yo qué?

–¿Has tenido amantes?

–No es asunto tuyo –alzando el mentón, dio media vuelta y desapareció en el cuarto de baño.

Tenía que estar de acuerdo en que no era asunto suyo. Aunque prefería pensar que el gesto defensivo significaba que no había tenido ninguno. Tampoco podía explicar la causa. Ni la envidia que sentía al pensar que otro hombre la había podido tocar.

Unos minutos más tarde, salió con un camisón de satén azul y sin mangas que apenas le tapaba los muslos. Dharr giró la silla fijada al suelo para mirarla cuando le dio la espalda. La observó inclinarse para volver a colocar la bolsa bajo la cama, revelando unas braguitas blancas y escuetas, no de encaje en esa ocasión, pero que, a pesar de ello, encendieron el deseo que sentía por ella. Raina apartó el edredón, ahuecó la almohada, se tumbó boca arriba y se cubrió hasta la cintura.

–¿Vas a venir pronto a la cama? –le preguntó, sin mirarlo.

–No sabía que estabas interesada en tenerme en tu cama.

Lo miró ceñuda.

–Para dormir, Dharr. Esta cama es bastante grande para los dos. Tú te quedas de tu lado y yo del mío. Así dormiremos de maravilla.

Dharr se reclinó y la estudió.

–Te aseguro que será muy difícil que permanezca en mi lado de la cama, a menos que levantes una pared entre ambos –la idea de estar tumbado junto a ella y, al rato, encima, hacía que pensara que era otra cosa la que se levantaba.

–Oh, ¿de modo que no eres lo bastante fuerte como para dormir con una mujer sin acostarte con ella?

–Posiblemente, podría hacerlo con algunas, pero no con una mujer como tú, y menos con la ropa tan escasa que llevas puesta.

Alzó el edredón y miró debajo, como si no tuviera recuerdo de lo que llevaba.

–Estoy adecuadamente cubierta –luego se puso de costado, acomodó la mejilla sobre un brazo y lo miró–. Si estuviera en casa, no llevaría nada encima. No me gusta ponerme ropa en la cama.

Dharr experimentó una decidida subida de temperatura y una elevación debajo del cinturón. Pero no se molestó en ocultar su estado de excitación cruzando las piernas. De hecho, las extendió para que ella supiera lo que le hacía y que le sirviera de advertencia.

–Desde luego, lo entiendo, Raina. A mí tampoco me gusta ponerme ropa para acostarme. Si eso te incomoda, me quedaré en este sillón.

Con la vista clavada en su regazo, repuso:

–Perfecto. Buenas noches.

No era eso lo que Dharr quería. Había esperado que ella fuera más persistente, que lo animara a reunirse con ella. Pero cerró los ojos y no tardó mucho hasta que su rostro se relajó con el sueño.

Sin embargo, él no lo estaba ni lo estaría, asediado por la fantasía de desnudarse y echarse junto a Raina, de despertarla con los besos más íntimos, con caricias que harían que su cuerpo suplicara que le dedicara la máxima atención.

Podía darle placer, pero debería de contentarse con dejarlo ahí. Y eso no sería aceptable. No a menos que la considerara como la mujer que permanecería a su lado como futura reina.

En Harvard, había pensado que había encontrado a la mujer que quería que fuera su esposa, pero había terminado por descubrir que ella jamás aceptaría su legado o su cultura. Lo había conducido en una aventura sensual y luego cerrado la puerta sobre cualquier futuro que hubieran podido tener juntos, marchándose sin siquiera una despedida personal, solo con una carta en la que le indicaba que no podrían estar juntos de forma permanente.

Cuando lo habría dado todo por ella. Hasta su corazón. Nunca más.

Raina recobró lentamente la conciencia después de entrar y salir de un sueño inquieto. Desorientada, tuvo que mirar las ventanillas rectangulares que mostraban la noche y oír el zumbido de los motores para recordar que se hallaba en un avión, de regreso a un país que era un recuerdo lejano.

La euforia experimentada unos momentos antes solo había sido un sueño, en el que estaban sus padres y la llevaban de la mano mientras paseaban juntos por las calles de Tomar, suspendidos en una época anterior a que su madre huyera en la noche para subir a un avión con rumbo a los Estados Unidos, llevándose a su hija con ella.

29

Su mundo se fragmentaría en aquel terrible viaje, en el que había experimentado miedo real por primera vez en su vida, no solo por el viaje horrible, sino por la total falta de seguridad al saber que iba a entrar en un país extraño sin su querido padre. Y lo que era peor, ni siquiera había podido despedirse de él.

–Veo que te has despertado.

Giró la cabeza hacia la voz profunda y controlada que flotó hacia ella como un velo de satén sobre su piel sensible. La luz procedente de la lámpara del escritorio caía sobre él, permitiéndole ver el efecto completo del cuadro que presentaba en ese momento. Si tuviera un lienzo y óleos, lo inmortalizaría... un retrato de oscuridad contra luz. Una representación de una sexualidad palpable y de un poder innegable.

Parecía tan orgulloso y mayestático como si estuviera sentado en un trono y no en un sillón. Sus labios suaves y sensuales, rodeados por la sombra de un día de no afeitarse, contrastaban con las líneas marcadas y angulares de sus mejillas, su mandíbula sólida y nariz recta.

Los bíceps bien definidos transmitían su fuerza física; los antebrazos entrelazados con venas prominentes y la sedosa capa de vello oscuro revelaban su absoluta masculinidad. Igual que su torso desnudo, donde una mata de vello le cubría los pectorales y le rodeaba las tetillas marrones antes de descender en forma de V hacia el abdomen marcado.

Visualmente, Raina siguió esa línea descendente más allá del ombligo hasta la cintura del pijama que se había puesto. Pero no se detuvo ahí, a pesar de que reconocía que debería hacerlo. Se centró en la oscuridad que ensombrecía sus ingles y que resultaba aparente a través de la tela tenue y fina.

Sabía que debería dejar de mirar, que su curiosidad podía meterla en problemas como no lo hiciera. Pero le era imposible apartar los ojos de la cima prominente que indicaba que se hallaba excitado. Muy excitado. Y lo mismo le pasó a ella al imaginar que adquiría un conocimiento íntimo de esa parte masculina de Dharr teniéndola entre sus manos, en lo más profundo de su cuerpo.

Al final se obligó a mirar al techo, apartó el edredón con los pies y dobló las rodillas, haciendo que el camisón cayera hasta el nacimiento de sus muslos.

Oyó el crujido del sillón, pero no se atrevió a mirarlo, no después de haberlo evaluado con descaro como un maestro joyero en busca del diamante perfecto. Era tan magnífico y sin tacha como una piedra de veinte quilates. Deseó que estuviera detrás de un expositor para no sentirse tan tentada a continuar con el examen.

–¿Cuánto tiempo he estado dormida? –preguntó con voz ronca, tanto por el sueño como por un deseo que carecía de sentido.

–No más de dos horas.

Se permitió mirarlo.

–¿Dos horas? ¿Nada más?

–Sí. ¿No te ha gustado la cama?

–Es muy cómoda –cosa que ella no estaba–. Aunque hace un poco de calor aquí.

–¿Quieres que suba el aire?

–Sería estupendo –aunque dudaba que eso pu-

31

diera servirle para refrescar el calor que le recorría el cuerpo.

Él se levantó y fue hacia la cama para ajustar los conductos circulares que había sobre su cabeza. El solo hecho de verle el vello oscuro de la axila le provocó un escalofrío.

Él la miró, recorriéndole los muslos desnudos antes de posar la vista en los pechos cubiertos de satén, que se irguieron bajo su escrutinio.

—¿Tienes mucho frío ahora?

—No.

—¿Quieres que haga algún ajuste más?

Bajó la mano de los conductos y con los nudillos se rozó la ingle, como si la invitara a hacer lo mismo. Raina cerró las rodillas en reacción a la descarga de calor húmedo entre sus muslos y se reprendió mentalmente.

Su reacción ante él era escandalosa. En realidad, no lo conocía. Ni siquiera estaba segura de que aún le gustara. Pero sabía que si no mitigaba esa química, podría causarle muchos problemas.

—Ya estoy bien —dijo, aunque sin sonarlo en absoluto.

—Estupendo. Por favor, hazme saber si puedo ayudarte en algo más.

Claro que podía, y de formas perversas. Necesitaba dejar de pensar en eso, dejar de fantasear con él. Después de todo, le quedaban unas quince horas en su compañía.

—Deberías venir a la cama —soltó al ver que él giraba para regresar al sillón.

La volvió a mirar, un metro ochenta y cinco de poderoso príncipe. Oscuridad y luz.

—No desearía interrumpir tu sueño.

–Y yo no quiero que se me culpe a mí cuando mañana no puedas caminar por lo rígido que estés –nada más decir esas palabras, quiso morderse la lengua.

Él entrecerró los ojos y sonrió.

–Eres muy observadora, Raina.

Ella fingió disgusto, cuando en realidad sentía todo el cuerpo como si se lo hubieran encendido.

–Me refería a una rigidez articular –se deslizó casi hasta la pared y palmeó la almohada de su lado–. Sube a bordo, Dharr. Puedes ser un chico bueno una noche.

–Puedo ser muy bueno, te lo aseguro.

Al comprender que estaba en un juego peligroso, a punto estuvo de rescindir su oferta. Pero antes de que pudiera hacerlo, Dharr le dio la espalda y se quitó el pantalón del pijama, revelándole el trasero desnudo y la parte de atrás de los muslos velludos.

Raina se incorporó como impelida por un muelle.

–¿Qué estás haciendo?

La miró por encima de un hombro al tiempo que cruzaba la estancia.

–Te lo he dicho, prefiero dormir desnudo.

–Yo también, pero por deferencia a ti, me he dejado puesta la ropa.

Él apagó la luz y sumió la estancia en una oscuridad total.

–Siéntete con libertad para remediar esa situación. Esta vez no veré nada.

–¿A qué te refieres con «esta vez»? –percibió su presencia incluso antes de que hablara.

–Dejaste abierta la puerta del cuarto de baño mientras te cambiabas.

–Fue para poder oírte.

–¿Estás segura de que no fue para que pudiera verte? Porque te vi, Raina. Con la puerta abierta. En el reflejo del espejo. Y he sufrido los efectos toda la noche.

En realidad, ella había dado por hecho que por la posición que ocupaba ante la barra, no sería capaz de ver nada. Sin embargo, el pensamiento de que la viera desnudarse hizo aflorar de nuevo la necesidad y el calor abrasadores.

El colchón se hundió con su peso y aunque prácticamente reinaba una oscuridad absoluta, la luz limitada procedente de las ventanillas le permitió distinguir su perfil al tenderse boca arriba, con las manos juntas bajo la cabeza.

Volvió a echarse, rígida como una viga de acero, con las manos inmóviles a los lados. Se puso boca abajo y enterró la cara en la almohada, con el camisón subido y arrugado bajo el vientre. Por eso no le gustaba ponerse nada para acostarse. Odiaba tener que acomodarse constantemente el camisón.

Pensó en quitárselo. ¿Por qué no? Dharr no había vacilado ni un momento en desprenderse del pijama, y le había sugerido que hiciera lo mismo. Además, no podía verla, y siempre podía dejarse puestas las braguitas. No se había movido, de modo que quizá se hubiera quedado dormido. Pero por la mañana seguirían juntos en la cama, sin ropa y separados por unos simples centímetros. Quizá sacara la idea equivocada.

No. No podía permitirle que le hiciera el amor. Era muy arriesgado, aunque muy tentador. No tenía intención de casarse con él. Ninguna intención de acostarse con él. Si lo hacía, tal vez esperara más de ella de lo que quería dar. Su lugar ya no estaba en Azzril. Tenía una vida en California. No podía involucrarse con el hombre equivocado. Un hombre parecido a su padre, arraigado en otras costumbres y con unas creencias enraizadas. Un hombre que admitía que no tenía sitio para el amor en una relación.

Entonces, ¿por qué se sentó, se quitó el camisón por encima de la cabeza y lo arrojó al pie de la cama? ¿Por qué volvió a echarse, dejando la sábana a los pies?

Era evidente que se hallaba con una sobrecarga emocional, que padecía de falta de sensibilidad debido a la abundancia de preocupación. Pero desde el principio había sospechado que Dharr no le había contado toda la verdad acerca del estado de su padre. De hecho, empezaba a sospechar si todo no era más que un ardid para conseguir que regresara a casa para casarse. De lo contrario, si su padre se hubiera hallado en verdadero peligro, alguien la habría llamado. Ella misma podría haber hecho algunas llamadas desde Los Ángeles para verificar la información.

A cambio, había aceptado subir a un avión con Dharr Halim como una oveja siguiendo a su pastor. Un pastor seductor.

La realidad la golpeó con la fuerza de un impacto sónico. ¿Había estado esperando que Dharr Halim se presentara en su puerta? ¿Por eso se había mostrado tan dispuesta a ir con él? ¿Explicaría eso su corte de amigos y sus eternas excusas para no hacer el amor con ninguno? En su momento, los motivos habían parecido válidos. La posibilidad de una enfermedad de transmisión sexual, la falta de responsabilidad de sus amigos hacia cualquier cosa que no fuera un placer hedonista.

Todo ello la llevaba a la pregunta: ¿se había estado reservando para Dharr?

Su mente rechazó ese pensamiento al tiempo que alargaba el brazo hacia la sábana para cubrirse. Pero antes de poder hacerlo, la mano de Dharr le sujetó la muñeca. Como se atreviera a tocarla, no sería capaz de resistirse.

Pero solo subió la sábana por su cuerpo, tal como había querido hacer ella misma.

–Gira hacia tu lado, de cara a la ventanilla –ordenó él.

Obedeció, pensando que era lo más inteligente. Pero cuando él se acomodó contra su espalda y con un susurro ronco le dijo que se durmiera, tiró la cordura por la borda. Su atención se concentró en sentirlo contra ella… el poder, la fortaleza y el calor que emanaban de él. Intensos e inevitables.

Dudaba que esa noche pudiera dormir. También que esa necia fascinación que le inspiraba Dharr desapareciera por la mañana.

La voz del capitán sonó por los altavoces, anunciando un aterrizaje en Londres. Dharr abandonó los pensamientos eróticos que tenía mientras contemplaba a Raina desde el escritorio. Raina se sentó de golpe y la sábana le cayó hasta la cintura. El sedoso pelo castaño dorado le cubría los pechos, con la excepción de un pezón que se asomaba entre los largos mechones.

Dharr se movió ante la amenaza de otra erección al disfrutar de esa visión sensual... hasta que la realidad atravesó la somnolencia de Raina y volvió a subirse la sábana hasta el mentón.

–¿Qué sucede? –preguntó con un susurro.

–Vamos a aterrizar.

–¿En Azzril?

–No. En Londres, para repostar. Tendremos que ocupar los asientos.

Ella miró alrededor de la cama, alzó la sábana para mirar debajo y le ofreció a Dharr otra visión accidental de sus pechos.

–¿Dónde está mi camisón?

Él sonrió y con la cabeza indicó el suelo al pie de la cama.

–Parece que eres una durmiente muy inquieta.

–¿Te importaría pasármelo?

Se levantó y se acercó a la cama.

–No es necesario. Quizá desees volver a acostarte una vez que hayamos aterrizado. Mejor que te quedes cómoda.

Le dedicó una mirada provocativa.

–¿Sugieres que me abroche el cinturón de seguridad desnuda?

Excelente sugerencia. Pero el sonido del tren de aterrizaje al bajar puso a Dharr en acción. Sin pensarlo, se inclinó y sacó la sábana del colchón, envolvió a Raina con ella y la alzó de la cama.

–Disponemos de poco tiempo para discutir sobre tu estado de vestimenta.

–Desnudez –corrigió ella–. Y puedo caminar, Dharr.

Quería sentirla contra él, al menos durante los pocos momentos antes de asegurarla al asiento.

–Deberías ahorrar la energía.

Lo miró con curiosidad.

–¿Ahorrarla para qué?

Consideró varias respuestas mientras se abrochaba el cinturón de seguridad al lado del asiento de ella.

–Para cuando llegues a Azzril. Necesitarás tus fuerzas para tratar con tu padre.

–Eso es verdad. Puede que incluso tenga que sentarme encima de él para obligarlo a ser bueno.

Dharr pensó en pedirle que se sentara en su regazo para que pudiera demostrarle lo bueno que podía ser él.

El avión se sacudió en el descenso y de inmediato Raina se aferró con fuerza el borde del asiento. Decidido a mitigar su angustia, levantó el reposabrazos central, le pasó un brazo por los hombros y le apoyó la cabeza en el hombro.

–Estoy bien, de verdad –se puso rígida contra él cuando el aparato volvió a oscilar.

–Pasará pronto –le aseguró.

Aunque había pensado en no volver a besarla por el bien de su propia cordura, decidió que hacerlo podría ayudarla a relajarse, a pesar de que el proceso le robara la serenidad. Le alzó el mentón y le dio una sucesión de besos suaves y tranquilizadores. Sin advertencia previa, ella pegó la mano en su nuca y lo acercó más, abriendo la boca como si lo considerara su cabo salvavidas.

Perdido en su beso, en la suave fricción de su lengua, Dharr le acarició la espalda, llevándose en el movimiento la sábana, hasta que contactó con el borde satinado de las braguitas. Qué fácil sería introducir la mano por debajo de la tela. Qué fácil sería no detenerse. Olvidar que existía algo más allá de ese placer...

El avión se posó en la pista, haciendo que se separara de la boca de ella. Sin embargo, no encontró la fuerza de voluntad para apartar la mano de su espalda, ni siquiera cuando el avión se detuvo.

Raina lo miró con ojos desenfocados y párpados pesados.

—Hemos aterrizado –dijo.

—Sí –convino al bajar la mano hasta sus glúteos y masajeárselos, olvidada toda cautela.

—¿Cuánto tardaremos hasta... volver a despegar?

Mientras le acariciaba la piel suave y satinada, no paraba de decirse que debería parar. La voz del capitán anunciando la llegada lo devolvió a la realidad. A regañadientes, apartó la mano y la depositó en su propio regazo.

—Deberíamos partir en menos de una hora.

Raina se hundió contra el asiento.

—¿Tengo tiempo de darme una ducha rápida?

La imagen de ella desnuda y mojada fue clara en su mente.

—Desde luego. Si no estás preparada cuando llegue el momento de marcharnos, solicitaré un pequeño retraso.

Ella sonrió.

—Oh, te comunicaré cuando esté preparada.

Se desabrochó el cinturón y se levantó del asiento, dándole la espalda. La sábana se le abrió y reveló el sendero esbelto de su espalda, la curva de los glúteos, y encima, una imagen dorada grabada en la zona lumbar, algo que él no había notado hasta ese momento.

–¿Qué es eso? –preguntó.

Ella miró por encima del hombro y bajó la vista.

–El tatuaje de una lámpara mágica –lo miró–. ¿No lo viste cuando me observabas en mi casa?

–No –en ese momento solo había intentado evitar cualquier cosa que pudiera haber parecido inapropiada, aunque sin éxito.

–Pues me tenías completamente engañada, considerando que hace unos instantes estabas empeñado en frotarla. Pensé que quizá pedías un deseo.

De haberlo sabido, habría pedido más fortaleza y una libido más apagada.

Raina recogió unos artículos de tocador y se fue al cuarto de baño.

Dharr miró por la ventanilla, pero lo único que seguía viendo era la imagen de Raina grabada en su mente. Le gustaría verla en su totalidad… cómo le gustaría verle la cara cuando estuviera entregada al orgasmo que él le habría provocado.

Se movió al experimentar una presión creciente y respiró hondo, solicitando ese deseo de fortaleza… algo que sabía que iba a necesitar en las horas siguientes.

Capítulo Tres

Normalmente, Raina ni siquiera se habría lavado el pelo, ya que tardaba mucho en secarse, pero en ese momento no se sentía nada normal, motivo por el que se había metido bajo la ducha.

¿De dónde diablos había salido ese deseo encendido por Dharr Halim? ¿Por qué le había dejado tocarla tan íntimamente, besarla con tanto ardor? Aunque reconocía que ella había participado.

Se pasó una mano por el pelo y eliminó los restos de acondicionador, deseando poder enjuagar con igual facilidad el fuego que le recorría el cuerpo y que cobraba especial virulencia entre sus piernas.

Cerró el grifo y salió de la miniducha. Se enroscó una toalla alrededor del pelo, luego se secó y se anudó otra entre los pechos. Justo en ese momento, Dharr abrió la puerta.

Raina le dedicó una mirada no muy agradable, a pesar de que había experimentado unos escalofríos muy placenteros.

–¿Te importa dejarme un poco de intimidad?

–En absoluto –entró y cerró a su espalda.

–¿Necesitas algo? –le preguntó.

–Pensé que tal vez sería bueno que me afeitara, ya que nos vamos a demorar un poco.

Raina experimentó pánico.

41

–¿Le sucede algo al avión?

–No. Es el tiempo. Llueve y hay una niebla densa.

–Claro. Estamos en Londres.

Contuvo un jadeo cuando Dharr se desabotonó la camisa, se la quitó y la colgó de un gancho en la puerta. Quiso tocarle el pecho, ancho y bronceado, probar sus tetillas con la lengua. Agarró el borde de la toalla junto a los muslos para no ceder a esos impulsos.

Él la estudió a través del reflejo del espejo.

–¿Necesitas algo de mí?

–No, solo disfruto de ver cómo te afeitas. Me recuerda cuando era pequeña. Solía estar en el cuarto de baño mientras papá se afeitaba. Le encantaba ponerme un bigote de espuma.

Sorprendiéndola, estiró la mano y le untó parte de la crema en el labio superior.

–¿Ahora te sientes como en casa?

Ella no pudo contener una risa al quitarse la toalla de la cabeza y limpiarse la espuma.

–Me siento un poco tonta, porque ya no soy una niña pequeña.

–Lo he notado –clavó la vista en los pechos que la toalla apenas conseguía ocultar.

–Iré a vestirme –musitó, sintiéndose derretida.

–Qué pena.

Le dio con la toalla en el trasero firme embutido en unos pantalones ceñidos.

–Sigues siendo un seductor incurable, Dharr Halim.

–Y tú una gran tentación, Raina Khalil. Casi más de lo que puedo soportar.

–Me cuesta creerlo en un hombre tan fuerte como tú.

Sus miradas permanecieron clavadas a través del espejo durante largo rato, hasta que Raina decidió que lo mejor era largarse antes de que se arrojara a sus brazos.

–Te veré más tarde –pasó por detrás de él. El pequeño espacio apenas brindaba lugar para maniobrar y le rozó la espalda con los pechos. Los pezones se le endurecieron contra la toalla y vio que Dharr se hacía un pequeño corte, provocando un minúsculo hilo de sangre por su mentón–. Lo siento –dijo mientras sacaba una toallita de papel, pasaba el brazo alrededor de él y le limpiaba el corte con los pechos pegados a su espalda.

–Puedo manejar una pequeña herida –sin volverse, le sujetó la muñeca, tiró la toallita y deslizó la palma de la mano de ella por su pecho, por el abdomen y más abajo, hasta que contactó con la cumbre dura que tensaba sus pantalones–. Esto es más difícil de soslayar.

Raina contuvo el aliento mientras se debatía con el impulso de explorarlo, de conocer los detalles, a pesar de que los pantalones representaban un estorbo para experimentar plenamente todo ese poder. Pero antes de ceder, él le subió la mano al pecho.

–Y ahora márchate antes de que me sienta tentado a darle un buen uso.

Salió a toda velocidad del cuarto de baño, cerró la puerta y se apoyó en ella. Le temblaban las piernas. Le temblaba todo el cuerpo. Lo deseaba con una necesidad devoradora que desafiaba toda sabiduría. Quería saber exactamente qué se sentiría al hacer el amor con él.

Pero no debería, porque esa clase de intimidad

podía desnudar las emociones. Y no quería sentir nada por él más allá de la amistad. No quería verse atrapada en su telaraña sensual hasta el punto de ser incapaz de liberarse.

Si se creyera capaz de dejar toda emoción al margen, no vacilaría en cruzar ese límite para poder experimentar la vivencia. Aunque tal vez era más fuerte de lo que creía. Y también lo era Dharr. Y ella no era rival para su clase de fortaleza.

Cierto que el jeque era su fantasía, y hasta ese momento no había comprendido lo mucho que lo había sido casi toda la vida. Quizá era hora de hacer realidad esa fantasía. Sabía que sería el hombre perfecto para ser su primer amante.

Y cuando ese viaje terminara, cada uno seguiría su propio camino. Y después de cerciorarse de la recuperación de su padre, regresaría a los Estados Unidos con unos pocos y buenos recuerdos… si Dharr Halim estaba dispuesto a concedérselos, y más.

Después de que la hora de retraso se convirtiera en cuatro, los dos ya habían cenado juntos y charlado de cosas generales. Y en todo momento, Dharr no había dejado de maldecirse por su debilidad en lo concerniente a Raina.

Tenía que recordar quién era ella… la hija del mejor amigo de su padre, una mujer a la que debería mostrarle el máximo respeto.

Una mujer que tenía demasiado poder sobre su atención en ese momento. En cualquier momento.

En ese instante ella se hallaba sentada en la cama con las piernas cruzadas, con lápiz y papel en la mano, creando algo que él no podía ver desde el sillón. Pero sí podía ver la plenitud de sus pechos perfilados en todo detalle contra la suave tela de su blusa, y eso ya le impedía leer el periódico que tenía desplegado ante él.

El teléfono de la pared sonó, haciendo que se levantara para ir a contestar. Tal como sospechaba, era la llamada que había solicitado.

Extendió el auricular y le dijo a Raina:

—Es para ti.

Ella alzó la vista del dibujo y frunció el ceño.

—¿Quién es?

—Ven a descubrirlo.

Dejó el papel a un lado y se deslizó por la cama. Le lanzó otra mirada de curiosidad antes de aceptar el auricular.

—¿Hola?

Al verla sonreír, Dharr sintió su júbilo como si fuera propio.

—¿Papá? ¿Cómo te encuentras?

Después de volver a sentarse, trató de no centrarse en la conversación, pero le sorprendió oírla charlar en un árabe fluido, como si lo hablara a diario.

Siguió mirándola, cautivado por el modo en que jugaba con mechones de su pelo, por sus ojos expresivos, por las risas espontáneas.

—Sí, el jeque Halim cuida de mí, papá —afirmó mientras le dedicaba una mirada fugaz de aprecio.

Se dijo que le gustaría complacerla más antes de que concluyera el viaje, aunque no se atrevía a ello, sabiendo que entre ellos no existiría nada más. Y eso empezaba a afectarlo de formas que no podía entender.

Cierto que Raina podía considerarse como una candidata adecuada para ser una futura reina. Aparte de su legado cultural, era hermosa, inteligente, joven y vital. Cualquier hombre se sentiría orgulloso de tenerla como esposa.

Pero reconocía que se mostraría reacia a considerar adoptar ese papel... a menos que lograra convencerla de que existían ciertas ventajas si decidiera aceptar los términos del matrimonio. Entonces comprendió que era él quien trataba de convencerse de eso mismo.

Rechazó por completo la idea. En ese momento, lo único que existía entre ellos era atracción, aunque la encontrara interesante y excitante más allá de lo imaginable. No podía bajar la guardia y albergar cualquier esperanza al respecto sabiendo que no se quedaría con él. Que tenía una vida en los Estados Unidos que no lo incluiría en ella.

Antes de que colgara, fue hasta la cama y recogió el dibujo que había estado trazando. Vio que era él, con el ceño que sin duda había exhibido en ese momento.

—No tenías que verlo todavía —dijo ella a su lado.

La miró por encima del hombro.

—Tienes mucho talento, pero no creo que esté tan serio.

Se sentó a su lado.

—Sí lo estás, casi todo el tiempo. Doy por hecho que esa conducta estoica se debe en parte a tus obligaciones.

En parte a eso, y en parte al deseo no satisfecho por ella.

–No me tomo a la ligera mis responsabilidades
–razón por la que no podía satisfacer ese deseo.

Ella apoyó los talones en el borde de la cama y
se abrazó las rodillas.

–Lo sé. Y gracias por la llamada.

La proximidad le creó otro fuego en el bajo
vientre.

–¿Está bien tu padre?

–Sí. ¿Por qué no me dijiste que se hospeda en el
palacio cuando dispone de una excelente man-
sión propia?

–Dispone de compañía limitada y de pocos em-
pleados. Consideré que estaría mejor atendido
por mi personal, incluido mi médico.

–Agradezco tu amabilidad más de lo que imaginas.

–No es nada. Y mis disculpas por el retraso en
nuestro viaje.

Ella se encogió de hombros.

–No es tu culpa. Careces de control sobre el
clima.

–Cierto, pero sé que estás ansiosa por ver a tu
padre.

Ella se tumbó en la cama y el cabello le formó
un halo alrededor de la cara.

–De no ser por él, no tendría tantas ganas de
marcharme. No me disgusta este avión cuando no
se encuentra en movimiento.

Se movió para poder verla mejor.

–¿Has tenido una mala experiencia con anterioridad? ¿Algo que te haya causado el miedo que
sientes al volar?

Ella miró el techo bajo.

–La noche que me fui de Azzril con mi madre

era tormentosa. Todo el trayecto hasta los Estados Unidos fue agitado. Estaba aterrada.

–Y abandonabas tu hogar –musitó Dharr.

Ella lo miró.

–Sí. Dejaba a mi padre y, en ese momento, no sabía por qué.

–¿Tu madre no te lo explicó? ¿No te consoló?

Raina volvió a sentarse y se llevó una almohada al pecho, como si necesitara seguridad.

–Estuvo ida todo el viaje y durante semanas después de aquello. Al principio me dijo que nos quedaríamos en California solo temporalmente, pero al final me reveló que ya no volveríamos a Azzril.

El dolor en su voz lo perturbó.

–Eso debió ser difícil para ti.

Se encogió de hombros.

–Lo superé. Pero mi vida ha sido un paseo comparada con la tuya.

–¿En qué sentido?

–Tú eres hijo único, Dharr. Has sido educado para gobernar un país, sin posibilidad de que lo cuestiones.

–Siempre he aceptado mis obligaciones y todo lo que acarrean.

Pareció dubitativa.

–Fuiste a la universidad en los Estados Unidos. Durante ese tiempo, debiste disfrutar de tu libertad. Ninguna responsabilidad salvo aprobar.

Le resultó extraño que pareciera entenderlo tan bien.

–Solo tenía una libertad limitada. La prensa era implacable.

–Eso es cierto. Recuerdo que mamá me mostraba fotos tuyas en los diarios y las revistas. Recuerdo que a veces salías en compañía de una heredera llamada Elizabeth algo.

Se encogió por dentro al oír el nombre.

—Me sorprende que te interesara mi vida privada.

—Claro que me interesaba. Iba del brazo de mi supuesto futuro marido —sonrió con sarcasmo—. ¿Sigues en contacto con ella?

Dharr no tenía motivo ni deseos de recordar el pasado.

—Creo que sería mejor si acordáramos no interrogar al otro acerca de relaciones anteriores.

—Es obvio que la querida Elizabeth es un tema delicado. Pero trato hecho. No se habla de pasados amores.

—Jamás he dicho que la amara —aunque lo había hecho.

—Lo que tú digas, jeque. Tú mantén tus secretos, que yo mantendré los míos —vio que se frotaba los ojos y frunció el ceño—. Pareces cansado. ¿Has dormido algo?

—Un poco.

Acomodó la almohada, se tumbó y palmeó su lado.

—Ven. Podemos dormir un rato mientras esperamos volver a despegar.

Todos los instintos le gritaron peligro.

—Quizá no sea una buena idea.

—Vamos, Dharr. Estamos vestidos. No pasa nada.

No era tan débil. Podía echarse a su lado y no hacer nada más, o al menos eso esperaba.

—Supongo que tienes razón —se extendió junto a ella, con un brazo rígido al costado y el otro doblado bajo su cabeza en un esfuerzo por no tocarla.

Sin embargo, Raina complicó mucho las cosas al acurrucarse cerca de él y apoyar la mejilla en su pecho. Algo en su interior comenzó a disolverse. El calor que le recorrió solo estaba justificado en parte por el deseo carnal. Sentimientos que no quería permitir afloraron a la superficie.

–Hueles de maravilla –susurró ella, mirándolo–. Y lo mismo sucede con tu contacto.

Toda resistencia lo abandonó y la acercó para tomarle la boca.

Una vez más cedía a la necesidad que tenía de ella, culminando en un beso que comenzó de manera tierna antes de profundizarse. Le enmarcó el rostro entre las manos para recibir su calor, su esencia. Sus extremidades se entrelazaron mientras se exploraban con las manos, evitando los puntos que los lanzarían al abismo.

Entonces Raina bajó las manos por su espalda para posarlas en sus glúteos y acercarlo hasta tenerlo completamente encima. Aunque la ropa proporcionaba un obstáculo sustancial, el movimiento de las caderas de ella creó una fricción que potenció su deseo, a pesar de la determinación de mantener a raya su cuerpo.

A pesar de lo mucho que anhelaba hacerle el amor, reconoció el peligro de continuar. En unos momentos, ya no sería capaz de frenar. La desnudaría, se desnudaría y desterraría todas las restricciones que se había impuesto.

Hizo acopio de la poca fuerza que le quedaba, se apartó y se sentó en el borde de la cama, de espaldas a Raina. Pudo sentir la respiración entrecortada de ella, reflejo de la suya propia, y luego la mano en su espalda.

–Dharr, creo que, simplemente, deberíamos rendirnos.

–No entiendo lo que dices –mintió. Lo deseaba tanto como ella. Pero su cabeza se oponía, a pesar de que su cuerpo se negaba a escuchar.

Se sentó a su lado y le tomó la mano.

–Deberíamos dejar de fingir que no nos deseamos y permitir que lo que tenga que pasar, pase.

–No quiero deshonrarte haciéndote el amor sin ningún compromiso.

Ella esbozó una sonrisa cínica.

–¿Deshonrarme? No estamos en tiempos antiguos. Somos dos adultos que consienten.

–¿Y te quedarías satisfecha solo con sexo?

–Sí, desde luego –afirmó–. No sé por qué no podemos seguir el camino de la naturaleza. Si quisiéramos recibir placer el uno del otro, ¿por qué no deberíamos hacerlo?

Por su propia cordura, se levantó y le plantó cara.

–No puedo olvidar quién soy, Raina, ni mi responsabilidad. Le prometí a tu padre que te llevaría a salvo a Azzril. Él no aprobaría que me aprovechara de esta situación para conseguir más intimidad entre los dos. Ya he hecho suficiente.

Se levantó y se situó lo bastante cerca de él como para tocarse.

–Sé muy bien quién eres, Dharr. Pero, ¿tú no deseas olvidarlo a veces durante un rato? Sé que yo sí. Quiero decir, he sido la roca de mi madre durante diez años. He vivido con ella, la he apoyado, básicamente la he cuidado como a mi hija hasta que me fui a vivir sola hace poco. Por una vez, quiero dejarme llevar. Hacer lo que quiero.

–Yo no puedo permitirme ese lujo.

Ella cruzó los brazos y lo miró desafiante.

–¿Por qué no? ¿Porque se supone que eres un ser sobrehumano sin necesidades, sentimientos o deseos? Sé que tienes deseos, Dharr. Has estado jugando desde que subimos a este avión. Anoche te desnudaste y te metiste conmigo en la cama. Hace unas horas, me tomaste la mano para mostrarme lo mucho que me deseabas. Has estado entregado a un tira y afloja y te da miedo reconocer que vas perdiendo.

Dharr reconoció la verdad de sus palabras.

–Soy un hombre, Raina, y admito que he hecho cosas que no debería haber hecho. No obstante, he de parar antes de que dejemos atrás el punto de no retorno.

Le pasó una mano por el pecho.

–Creo que ya hemos pasado ese punto, Dharr. Lo hicimos la primera vez que me besaste. Los dos lo sabemos.

Pegó la palma de la mano sobre los dedos de ella, con la intención de apartárselos. Pero solo pudo fijarlos sobre su corazón.

–Una vez más, no sería justo para ti. Como ninguno de los dos piensa cumplir nuestro contrato de matrimonio, no mostraríamos ningún compromiso con el otro. Si vamos a dejar eso bien claro ante nuestros padres, entonces sería poco inteligente continuar por este camino.

Ella casi se pegó a él.

–Nadie tiene que saber qué sucede en este avión. Cuando estemos en Azzril, será nuestro secreto.

No era un secreto que la deseaba. Pero reflexionó en un tema acuciante aparte del que tenía bajo los pantalones.

—Aunque decidiera tomar en consideración lo que dices, no llevo nada a bordo para protegerte del embarazo.

Ella frunció el ceño.

—Eso podría ser un problema, ya que un hijo es algo que ninguno de los dos quiere.

—Ahora comprendes el riesgo y por qué no podemos continuar.

Ella sonrió lentamente.

—Podríamos, si no hiciéramos completamente el amor. Hay otros modos en que podemos disfrutar el uno del otro sin consumar el propio acto. Estoy segura de que tú conoces más de uno.

Así era, y la tentación de mostrárselos fue casi abrumadora.

—Mereces mucho más, Raina.

Ella le rodeó el cuello con los brazos.

—Merecemos tener este tiempo juntos, Dharr. Merecemos dejar el mundo fuera y olvidarnos de todo salvo de nosotros dos. Te reto a ser solo el hombre, no el príncipe, durante las próximas horas que pasemos.

Le enmarcó la cara entre las manos y bajó la frente hasta pegarla con la de Raina.

—Pones a prueba mi fortaleza, Raina.

Pegó una de las manos de él contra su pecho.

—Pretendo hacer más que eso.

Olvidando toda cautela, Dharr volvió a reclamar su boca en un encendido intercambio, febril e intenso y, en muchos sentidos, prohibido. Le acarició el pecho y tanteó el pezón con los dedos a través de la fina tela. Le bajó una tira y abandonó su boca para besarle el hombro, mientras en todo momento por su cabeza resonaban advertencias. Pero se sentía impotente en su presencia. El hombre la deseaba sin ninguna vacilación; el príncipe cuestionaba la idoneidad de esa decisión.

El hombre ganó y comenzó a hacerla retroceder hacia la cama.

La llamada a la puerta sacó a Dharr de la bruma erótica en la que se hallaba y lo alejó de Raina. Dominado por la frustración, fue a abrir la puerta solo para poder ver a quien molestaba, el jefe de personal, Abid Raneer.

—¿Qué sucede? —preguntó con tono hosco e impaciente a pesar de su esfuerzo para mantener la calma.

Abid asintió.

—Perdone la intrusión, pero el capitán desea hablar con usted, jeque Halim.

—Iré en un momento.

Sin decir otra palabra, cerró la puerta y se apoyó en ella.

Raina estaba sentada en el borde de la cama con los brazos cruzados sobre los pechos, lo que no hizo nada para apagar el deseo de Dharr.

—¿Sucede algo?

«Sí», pensó. Estaba duro como el granito y resultaba difícil de ocultar.

—Me han llamado; regresaré en cuanto pueda.

—De acuerdo —al ver que no hacía ademán de moverse, le preguntó—: ¿Te vas a ir?

—Necesito unos momentos más.

Ella dirigió la mirada a la cremallera tensa, empeorando las cosas.

—Ya veo.

Y lo mismo harían sus hombres.

–Agradecería mucho tu ausencia unos momentos. Quizá podrías ir a buscar una copa a la cocina.

La sonrisa de ella fue provocativa y bromista.

–¿Vas a dejarme temblando de necesidad? ¿Encendida por tu cuerpo? ¿Lista para saltar sobre ti y arrancarte la ropa?

–Raina –advirtió–, si continúas por ese camino, me retrasaré y tendrás que esperar aún más mi regreso.

–Entonces, ¿vas a considerar lo que propongo? –sonó esperanzada y decidida.

–Lo discutiremos nada más volver.

Ella sonrió con gesto de triunfo y señaló a su espalda.

–Iré a ver qué encuentro en la nevera.

Dharr oyó su risa suave mientras se alejaba. Le ordenó a su cuerpo que se calmara, a pesar de que sabía que en cuanto atravesara otra vez esa puerta de regreso a ella, ya no habría ninguna calma ni contención.

Capítulo Cuatro

Pasados diez minutos de contemplar el techo y comenzar a albergar dudas, la puerta se abrió y Dharr entró.

–¿Qué sucede? –le preguntó.

–Nada importante –respondió al cerrar a su espalda–. Solo que estamos a punto de despegar otra vez.

Raina solo quería que se desnudara. Él parecía centrado en prepararse para el despegue al ocupar el asiento designado.

–Ven. Despegaremos en cuestión de minutos –le indicó.

Resignada, ocupó el asiento contiguo para la rutina ya familiar. Se arriesgó a echar un vistazo por la ventanilla y vio que aún llovía. Cuando el avión se sacudió al abandonar la pista, no pudo evitar que el miedo le atenazara la garganta.

Enterró la cara en el cuello de él y murmuró:

–Odio esto. Odio tener miedo.

Con dedos gentiles, Dharr le alzó el rostro.

–Mírame –dijo con tono perentorio–, no tienes nada que temer estando conmigo.

Oh, pero temía los sentimientos que le provocaba, temía no querer dejarlo cuando llegara el momento de regresar a su vida.

–Quítate la blusa –le susurró.

Ella se quedó boquiabierta.

–Has cambiado de idea –afirmó al ver la rendición en los ojos oscuros de Dharr.

–Necesitas distracción y yo te la voy a dar.

No se equivocaba, pero esperaba que no fuera temporal.

–Me la quitaré si tú te quitas la camisa.

–Veo que estás decidida a negociar conmigo el resto del viaje –comentó con tono sexy.

–Eso depende de lo que cooperes a partir de ahora.

Insinuó una sonrisa mientras comenzaba a desabrocharse los botones de la camisa.

–Eso está por ver, aunque cuestiono mucho la sabiduría de mis actos.

–Al infierno la sabiduría –respiró hondo, cruzó los brazos para aferrar el bajo de la blusa y quitársela por la cabeza.

Una vez más él pasó un brazo por sus hombros, y con la mano libre le apartó el pelo y le coronó un pecho con suavidad.

–Eres muy tentadora –murmuró–. Muy hermosa.

Raina apenas podía respirar, mucho menos darle las gracias. Y el nivel de oxígeno descendió drásticamente cuando él bajó la cabeza e introdujo un pezón en la calidez húmeda de su boca experta. Metió las manos en su cabello y cerró los ojos, olvidadas las turbulencias gracias a la succión suave a que estaba siendo sometido el pecho.

Mientras continuaba hipnotizándola, trazaba círculos lentos alrededor de su ombligo, impulsándola cada vez más al olvido. Sin embargo, no realizó movimiento alguno para bajar la mano. Lamió una última vez el pezón antes de subir por su cuello hasta su oreja.

Raina contó los segundos hasta que alguien les dijera que podían dejar esos condenados asientos.

Cuando eso no sucedió de inmediato, Dharr le apoyó la mano en el muslo y le frotó la parte interior de la pierna con los nudillos. Dominada por su propia necesidad de saber lo afectado que podía estar él, subió la mano por la pierna, acercándose más y más a la ingle.

–Entras en terreno peligroso, Raina.

Ella sonrió.

–¿Qué hay de malo en ser un poco peligrosa?

Él le dio un beso fugaz en los labios y luego le subió la mano al pecho.

–Yo tengo derecho a ser el primero. Orden del jeque.

Le impidió que volviera a bajar con un beso en el que utilizó la lengua como una pluma al tiempo que le deslizaba la mano entre las piernas, aplicando una presión leve que le causó un calor húmedo. El contacto de él era la única realidad en ese momento, realidad que no quería abandonar nunca, al menos no hasta que experimentara los límites de la habilidad de Dharr, aunque sospechaba que no había límites para lo que haría con el fin de lograr que una mujer se sintiera bien. De hecho, se lo estaba haciendo en ese momento.

Cuando Raina emitió un leve sonido de necesidad, Dharr hizo equilibrios en el umbral de la locura. Pero se recordó que su intención era ir despacio por si ambos cambiaban de parecer.

Volvió a besarle los pechos, luego regresó a la boca, y mientras sus lenguas jugaban con movimientos pausados, la acarició a través de la tela fina de los pantalones, indicándole el trato que recibiría su cuerpo si tuviera la oportunidad de hacerle completamente el amor. Y aunque esa oportunidad no se presentaría en ese avión, le daría el mayor placer que ella jamás hubiera conocido, o moriría en el intento.

Sonó la campanilla y la señal de abrocharse los cinturones se apagó, haciendo que ella se pusiera tensa.

Dharr le tomó la mano y estudió su rostro acalorado.

—¿Estás segura de que deseas continuar, Raina?

Ella le apretó la mano.

—Sí, a menos que tú no quieras.

—Quiero —afirmó—. Sé que no es lo más inteligente, pero la necesidad que me inspiras carece de todo sentido.

Ella sonrió.

—Quizá no debamos preocuparnos por ser sensatos. Después de todo, ¿qué otra cosa íbamos a hacer para pasar el rato?

—Supongo que tienes razón, aunque la mayoría de la gente aprovecharía el tiempo para dormir.

Estiró la mano y le soltó el cinturón de seguridad, pasando la yema de los dedos por su creciente erección.

—Nosotros no somos la mayoría de la gente.

No pudo discutirle eso, a pesar de que el debate continuaba en su mente.

Ella se inclinó hacia él y le susurró:

—Creo que la cama nos está esperando.

Entonces, todas las preguntas y preocupaciones se desvanecieron.

Se puso de pie y alargó la mano hacia ella, que la aceptó sin titubeos. En cuanto llegaron a la cama, Dharr se juró tener el mando. Pero no pudo resistirse a besarla sin contención. Un beso prolongado y hondo, preludio de lo que llegaría.

En cuanto se separaron, miró los ojos dorados de Raina y musitó:

—Iremos despacio.

Ella frunció el ceño.

—Si vamos muy despacio, me volveré loca.

—Eso mismo es lo que tengo planeado. Ahora túmbate boca abajo en la cama.

Lo miró con curiosidad.

—¿Puedo preguntar por qué?

Le apartó el pelo de los senos y se inclinó para disfrutar de una leve degustación.

—Puedes, pero tendrás que esperar para verlo. Solo diré que si vamos a seguir adelante con esto, pretendo hacerlo bien.

—Te recordaré esas palabras.

—Confía en mí, Raina —le acarició la mandíbula con la yema de un dedo—. No voy a hacerte daño de ninguna manera. Y cualquier cosa que pueda hacer que a ti no te apetezca, solo te bastará con mencionarlo para que me detenga.

—Confío en ti.

—Bien. Y ahora a la cama.

Cuando ella se llevó las manos a los cordeles de los pantalones, Dharr le sujetó la muñeca.

—Aún no. Yo me ocuparé de eso luego.

—De acuerdo, mientras lo hagas.

Mientras ella subía a la cama, Dharr se ocupó de bajar todas las cortinas de las ventanillas y de apagar las luces, excepto la que había sobre la cama, que sumía a Raina en un resplandor sensual. Luego abrió uno de los armarios empotrados y extrajo un frasco de aceite para masaje.

Después de echarse unas gotas en las palmas de las manos, se sentó en el borde de la cama, con el frasco entre las rodillas. Se detuvo un momento para observar la lámpara dorada que se asomaba por debajo de la cintura de los pantalones de Raina.

—Apártate el pelo de la espalda —pidió. En cuanto lo hizo, comenzó la primera parte del viaje extendiéndole el aceite por los hombros.

—¿Qué es ese olor celestial? —preguntó con tono lánguido.

—Aceite de jazmín.

Alzó la cabeza y lo miró.

—Aceite para masaje, ¿eh? ¿Y pretendías decirme que nunca habías traído a una mujer a bordo?

—El pasado debería permanecer donde le corresponde, Raina —se inclinó y le dio un beso en la mejilla—. Lo que importa ahora son las horas que tenemos juntos. Solo nosotros y nadie más.

—Tienes razón. Lo siento —apoyó la mejilla en la almohada—. Continúa.

Fue descendiendo por su espalda, apoyando las yemas de los dedos en sus costados mientras con los pulgares le trazaba con delicadeza la columna vertebral. Al llegar al tatuaje, se agachó para besarlo antes de proseguir el avance descendente.

Le deslizó las manos bajo el vientre y aflojó los cordeles con el fin de obtener acceso a todo su cuerpo. Sonrió cuando ella alzó las caderas para permitirle bajarle despacio los pantalones, llevándose al mismo tiempo las braguitas hasta dejarle todo a la altura de los muslos. La visión de esos glúteos compactos, la sensación de la piel suave bajo las manos, solo sirvió para amenazar su paciencia. Pero se negó a acelerar la exploración. No podía permitir que su control se resintiera.

Una vez más, se inclinó para besarla, en esa ocasión en cada glúteo, luego pasó con ligereza la lengua por el centro. El jadeo de Raina hizo que alzara la vista para ver cómo agarraba con fuerza la almohada.

Después de quitarle por completo los pantalones y tirarlos a un lado, le sujetó las caderas y le dijo:

–Date la vuelta.

Obedeció, con los pechos subiendo y bajando en anticipación de lo que sucedería a continuación.

Dharr le colocó dos almohadas debajo de los hombros y luego se vertió unas gotas más de aceite en las manos. Aplicó el líquido sobre el cuello esbelto antes de descender hasta la elevación de los senos.

El aceite había creado una fina capa satinada sobre su piel; las caricias que recibía habían hecho que los ojos se le pusieran levemente vidriosos.

–Es tan agradable –murmuró, como si hablar le costara un gran esfuerzo.

–¿Quieres sentirte mejor? –le preguntó.

–Por supuesto.

–Entonces, así será.

Deslizó las manos por su estómago y a su paso fue extendiendo más aceite floral, antes de detenerse a jugar con el aro de plata que tenía en el ombligo. Le fascinó. De hecho, de ella le fascinaba cada centímetro, desde el cabello sedoso y tupido hasta las uñas de los pies pintadas de rosa.

Solo entonces se permitió estudiar la sombra que había entre sus muslos, sabiendo que al hacerlo se pondría dolorosamente duro, y así fue. No obstante, sus propias necesidades no tendrían prioridad sobre las de ella.

Le subió las rodillas y comenzó a masajearle la pantorrilla hasta el delicado tobillo, luego repitió el proceso con la otra. Se movió casi hasta el borde de la cama y le apartó los muslos, dejándola expuesta a sus ojos.

Raina apoyó una mano en su vientre y no se cubrió, simplemente lo miró, con expectación y ardor en los ojos.

En ese momento Dharr se enfrentó a un dilema… no sabía si usar la boca o las manos para darle placer. Nada le gustaría más que probarla con la lengua, un acto que podía considerarse uno de los más íntimos entre un hombre y una mujer. Quizá debería evitar ese nivel de intimidad. Tenía que recordar que después de que abandonaran la privacidad del avión, nada surgiría de esa relación.

Se situó de rodillas entre sus piernas y con ambas manos la masajeó en sentido descendente desde el ombligo hasta el pubis, estimulando el flujo sanguíneo para potenciarle el orgasmo, como había aprendido hacía mucho tiempo. Fue más y más abajo, a través del vello, hasta separar los pliegues suaves para revelar la meta final. Hizo girar la yema de un dedo sobre el órgano estimulado, observando cómo su cara se aflojaba más con cada caricia.

Cuando ella alzó las caderas para animarlo hacia el blanco, aceleró el ritmo y aplicó más presión, sabiendo que se acercaba al orgasmo. Guio un dedo a su interior y experimentó oleadas de espasmos mientras imaginaba que lo rodeaba, a pesar de que sabía que debía conformarse con eso.

De la boca de ella salió un leve gemido y se mordió el labio inferior mientras él no paraba de acariciarla, centrado en brindarle otra liberación. Pero Raina le sujetó la muñeca y lo atrajo encima de ella antes de que pudiera proseguir.

En esa posición, solo tenía que bajarse la cremallera y apartarse los calzoncillos para penetrarla.

Se la veía hermosa después de la culminación, pero a él le dolía todo.

—Quiero tocarte otra vez.

—No —se escurrió de debajo de él—, ahora me toca a mí, Dharr.

No sabía si sería capaz de controlarse para no llevar a cabo la consumación.

—No es necesario. El tiempo del que disponemos he prometido dedicarlo a tu único placer.

Bajó la mano hacia la cremallera del pantalón.

—Sí, es necesario. Para mí. Y ahora quítate la ropa para que estemos iguales.

Al cuerno la cautela, dejaría que lo tocara, al menos durante un rato.

Abandonando la cama y su embriagador contacto, se quitó los pantalones y los calzoncillos y permaneció ante ella, dejando que viera cómo lo había afectado.

Ella sonrió y le apoyó un dedo en el mentón.

—Vaya, es evidente que estás feliz de verme.

Se acercó un paso a la cama.

—¿Encuentras todo a tu gusto?

Ella siguió estudiándolo con absoluta falta de inhibición.

—Decididamente, te doy un diez.

De pronto Dharr experimentó un súbito aguijonazo de celos.

—¿En comparación con quién?

Ella se puso de rodillas delante de él y le plantó las manos en el pecho.

—No te comparo con nadie, Dharr. Recuerda, el pasado es el pasado.

No le gustó que le devolvieran sus propias palabras, aunque reconocía que tenía razón. Pero se dijo que si no podía ser el primer hombre, desde luego sería el mejor.

La tumbó otra vez en la cama y se echó a su lado, situándose de costado para mirarla al tiempo que con los dedos índice y pulgar le frotaba un pezón.

—¿Qué quieres que haga ahora? Estoy abierto a cualquier petición, o quizá deseas que elija.

—Espero que me dejes disfrutar de mi turno.

Apretó los dientes cuando trazó círculos con un dedo en su ombligo.

—Otra vez, no estoy seguro de que sea lo mejor.

—Lo sea o no, voy a hacerlo. Y ahora pásame un poco de ese aceite.

Se había encontrado en un permanente estado de excitación desde que volvieron a verse. Solo esperaba poder mantener una cierta semblanza de autodisciplina.

Recogió el frasco a su espalda y vertió un poco en la palma abierta de ella.

—Eso no es mucho —comentó Raina.

—Cunde bastante.

Al principio el contacto fue tentativo, no más que un roce parecido a una brisa por su extensión, mientras lo observaba fascinada. Con el descubrimiento se tornó osada, aunque algo vacilante en ocasiones, haciendo que él se preguntara si quizá nunca antes había tocado a un hombre de esa manera. Deseó que eso fuera verdad. Luego Raina lo tomó por completo con las manos aceitosas y ejecutó movimientos más deliberados... y letales para Dharr.

Carente de voluntad, soltó el frasco de aceite en el suelo, centrado en las caricias y la exploración entusiasta de ella. Otras mujeres lo habían tocado de esa manera, pero distinta, no con minuciosidad y curiosidad similares.

Soltó un suspiro prolongado y apretó los dientes cuando Raina remolineó el dedo pulgar sobre la punta sensible.

Con el último vestigio de fuerza que le quedaba, dijo:

–Para.

–No.

No solo lo desafió verbalmente, sino que aceleró el ritmo.

La acercó al tiempo que con las caderas seguía la cadencia establecida por ella.

–De esta manera, no.

–No hay otra.

Perdido en su contacto, manifestó el pensamiento que le fue a la mente.

–Quiero estar dentro de ti.

–Sabes que no puedes –jadeó Raina.

Lo sabía muy bien. Comprendió que en cuestión de momentos perdería el autocontrol y no le quedaría más alternativa que dejarse ir por completo. Había sido un necio al creer que podría detenerlo o frenar a Raina.

No tardó en llegar al lugar donde el pensamiento coherente chocaba con la sensación, donde la lógica se retiraba y tomaba el mando el instinto primario. No tenía poder sobre su cuerpo, no podía luchar contra la urgencia. El clímax llegó con una potencia asombrosa, aportando una liberación rigurosa, luego un alivio bienvenido. Y al final, percepción.

Por segunda vez en toda su vida, se hallaba completamente desvalido, y esclavizado, por una mujer. Y sabía que ella tenía la llave para mantenerlo así el resto del viaje, si no más tiempo.

Raina solo lamentaba que no hubieran podido hacer el amor de forma completa.

Durante los siguientes días, se iría sola a la cama hasta que llegara el momento de regresar a casa, no podría disfrutar de sus besos, perderse en su contacto o acariciarlo. Jamás sabría lo que era que la llenara totalmente. Peor aún, se moverían fingiendo que nada había sucedido entre ellos.

Pero a ella le había sucedido algo, y no se trataba exclusivamente del acto sexual. No solo admiraba a Dharr Halim, apreciaba su amabilidad y preocupación por ella, sus abrazos de consuelo. También empezaba a sentir mucho más.

Para alguien que no pensaba establecerse con un jeque seductor, desde luego daba la impresión de ser una mujer que empezaba a enamorarse.

Capítulo Cinco

El avión realizó un aterrizaje suave y en cuestión de momentos recibieron la autorización para dejar sus asientos. En silencio, Raina sacó su bolsa de debajo de la cama y se pasó la correa por el hombro. Dharr estuvo a punto de preguntarle si podía ayudarla, pero sabía que se iba a encontrar con una negativa.

Fueron hasta la puerta, aún sin hablar, hasta que ella lo miró.

—Bueno, supongo que esto es todo —dijo.

Dharr se metió las manos en los bolsillos para evitar tocarla.

—Sí, eso parece.

—Fingiremos que nada de esto sucedió jamás.

—Lo mantendremos como nuestro secreto.

—¿Y tu personal? —miró hacia la cama, totalmente deshecha—. Van a adivinar algo cuando cambien las sábanas.

—Confío en que guardarán silencio. Me son muy leales.

—Es bueno saberlo —se mordió el labio inferior varias veces antes de volver a mirarlo—. Gracias, Dharr. Jamás habría conseguido superar el vuelo de no ser por ti.

—Ha sido un placer —el más grande de su vida.

Ella se volvió hacia la puerta.

–Imagino que ya deberíamos irnos.

Antes de que pudiera soltar el seguro, él apoyó las manos en sus hombros.

–Espera.

–¿De qué se trata? –preguntó con cautela al volverse.

–Un último beso.

–No sé si deberíamos.

–Solo uno, para sellar nuestro juramento de secreto.

–De acuerdo. Solo uno pequeño.

–Por supuesto.

Sin embargo, al inclinar la cabeza y tocarle la boca con los labios, se abrió a él como siempre, dándole la bienvenida al tiempo que le introducía la lengua en el calor de su boca con gentil persuasión. Se abrazaron, alimentándose, dándose un mutuo festín.

En otro lugar, en otro momento, le habría notificado a la tripulación que tardarían en marcharse. Se la llevaría de vuelta a la cama y le haría el amor. De verdad. Pero en un instante de coherencia, comprendió que eso no sería posible.

Con esfuerzo, se separó de sus labios, pero le mantuvo los brazos alrededor del cuerpo.

–Eso debería bastar.

La sonrisa de ella fue trémula.

–Y tú careces del concepto de «pequeño». Pero está bien. Al menos fue memorable.

Igual que el tiempo pasado juntos. Anhelaba más tiempo con ella, más caricias, más conversaciones. Más de todo.

Aparte de evitarla completamente durante su estancia en casa, no estaba muy seguro de cómo

podría luchar contra la atracción que le desper-
taba. Pero sabía que debía hacerlo o arriesgarse a
un gran peligro emocional cuando ella lo dejara.

Raina pensó que la ciudad había cambiado
cuando el coche blindado llegó al punto más alto
del camino de montaña que mostraba Tomar, la
capital, extendiéndose en el valle de abajo. Unas
luces de color ámbar moteaban el panorama, pro-
porcionando una vista deslumbrante. El antiguo
palacio, situado en la entrada del barrio antiguo,
seguía siendo el punto central. Pero en el otro ex-
tremo de la ciudad se veían varios perfiles de ras-
cacielos.

La ciudad se había vuelto más moderna.

Bajó la ventanilla y permitió que la suave brisa
del desierto le soplara en la cara y tratara de erra-
dicar todos los pequeños detalles que había compartido con Dharr, pero sin éxito. Todavía podía
sentir sus manos y su boca en la piel.

El vehículo traqueteó por el camino apenas pa-
vimentado, empujándola contra el hombro de
Dharr. Él no le tomó la mano como había hecho
en el avión ni le apoyó la mejilla en el hombro, ni
siquiera daba la impresión de que quisiera tocarla.
Continuó con la vista clavada en la ventanilla
opuesta, completamente remoto.

Decidió que lo mejor que podía hacer era acos-
tumbrarse a esa distancia física y emocional. Era
evidente que Dharr estaba más que dispuesto a
mantener la promesa de no tocarla. Y eso, para su
sorpresa, la decepcionó.

No había sido otra cosa que una diversión disponible. Un medio fácil de pasar el tiempo. Para él no significaba otra cosa, y más le valía aceptarlo. ¿Acaso no era lo que también ella había querido? No debía olvidarlo. Y tampoco otra cosa.

–¿Puedes recordarme que llame a mi madre por la mañana?

–Ya lo he hecho.

Ni siquiera trató de ocultar su asombro.

–¿La llamaste tú?

–Mi asistente, a petición mía, cuando esperábamos en Londres. Consideré que lo mejor era que no se preocupara.

–¿No crees que debería habérselo contado yo?

Al final tuvo que mirarla.

–Pensé que sería mejor si lo escuchaba de otra persona.

–¿Qué le contó exactamente tu asistente?

–Que te acompañaba a Azzril para ver a tu padre, nada más. De hecho, no habló con ella personalmente, sino con una mujer llamada Mona, que prometió transmitirle la información.

Mona, la doncella curiosa.

–Estoy segura de que eso le encantó. Sigo creyendo que debía llamarla yo.

–Puedes llamarla mañana.

Pero su madre ya sabía dónde y con quién estaba, y tal vez lo mejor fuera esperar un par de días para que se calmara.

Al detenerse ante el palacio unos momentos más tarde, bajó a toda velocidad del vehículo, descartando la ayuda del chófer con la bolsa. No necesitaba ninguna ayuda ni necesitaba a Dharr Halim.

Las puertas se abrieron por completo al entrar

71

en el vestíbulo barroco: suelo azul medianoche con rebordes blancos, paredes de ladrillo de color beis, techo de mosaicos negros y blancos, dos centinelas egipcios de metal guardando la amplia entrada en arco que exhibía seis escalones de mármol con una alfombra roja. Y en lo alto de esos escalones se erguía una única mujer vestida de oscuro, de estatura pequeña y sonrisa grande. Raina de inmediato reconoció las queridas facciones, el moño entrecano en el cabello, la expresión cálida y de bienvenida de Badya, la que en su día había sido su niñera y fiel empleada de la familia.

–Bienvenida a casa, pequeña –Badya abrió los brazos para recibirla en un abrazo.

–Me alegro tanto de verte, Badya –dijo cuando se separaron–. ¿Qué haces aquí?

–Tu padre liberó a casi todo el personal después de que te marcharas.

La primera ronda de noticias sorprendentes y, sospechaba, no la última.

–No puedo creer que te dejara ir.

Badya indicó a Dharr con la cabeza, situado en ese momento detrás de Raina.

–La familia real fue lo bastante amable como para ofrecerme un puesto como directora de la casa. He disfrutado mucho de mi estancia aquí, aunque me exigen poco.

–Es demasiado modesta –intervino Dharr–. La casa se nos caería encima de no ser por ella.

–¿Qué otra cosa puedo hacer si no hay bebés que atender?

Raina sonrió.

–Desde luego, a mí me atendiste de maravilla, aunque conseguí causarte más de un problema.

–No más de los que podía manejar, *yáahil* –miró a Dharr y bajó la vista–. Perdona. Debería tratarte como princesa Khalil ahora que ya no eres mi pupila.

Raina se quedó boquiabierta antes de reír.

–No soy princesa, Badya. Soy yo, la *bint* que solía quedarse contigo en la cocina, causándote un montón de problemas diarios.

–Badya tiene razón –afirmó Dharr–. Mientras estés aquí, técnicamente eres una princesa.

Raina lo miró fugazmente.

–Pero mi padre fue exiliado de Fareesa hace años.

–Sigue siendo un sultán, y tú sigues llevando sangre real.

–A medias –corrigió antes de centrar la atención en Badya–. ¿Cómo se encuentra mi padre?

–Te espera –respondió Badya–. Insistió en que no dormiría hasta saber que te hallabas a salvo en Azzril.

Raina tenía muchas ganas de verlo. Pero no estaba segura de poder soportar preguntas acerca de Dharr si se las planteara, y sabía que lo haría.

–Es medianoche. Tal vez debería esperar hasta la mañana.

–No lo tolerará –dijo Badya con firmeza, luego añadió con más gentileza–: Te ha echado mucho de menos y no se irá a acostar hasta no haber hablado contigo.

–Te acompañaré –intervino Dharr–. Luego todos nos iremos a acostar.

–Después de ti –dijo ella indicando las escaleras curvas que llevaban a las plantas superiores.

Lo siguió escaleras arriba y cuando llegaron al

pasillo del exterior de los aposentos de su padre, Dharr se volvió hacia ella.

–Si hace preguntas sobre nuestro viaje, sé breve.

–Lo sé, Dharr. Si tenemos suerte, esta visita será breve.

–Yo no contaría con ello. Hace tiempo que no te ve.

–Eso lo manejaré bien. No tienes que quedarte.

–Preferiría ver cómo se encuentra.

Lo miró con suspicacia.

–¿Te preocupa que le cuente que hemos estado tonteando?

–No. Me preocupa que pueda presionarte acerca de nuestro acuerdo matrimonial. No quiero que tengas que responder sola a eso.

–Qué caballeroso. Pero, te repito, sé cómo llevar a mi propio padre.

–No me cabe ninguna duda, pero pienso entrar contigo.

Resignada, llamó a la puerta pesada y aguardó el «adelante» de su padre antes de girar el pomo.

Entró y encontró a su querido padre tendido en unas impecables sábanas blancas que marcaban un acentuado contraste con su pijama azul marino, la cabeza apoyada sobre dos almohadas y con un libro reposando sobre su pecho, con las gafas de leer torcidas y el pelo casi gris un poco revuelto.

Raina plantó las manos en las caderas y fingió reprobación.

–Ahora bien, ¿qué haces levantado a estas horas de la noche, obstinado sultán?

Él sonrió y extendió los brazos.

–Estás aquí, sana y salva, mi pequeña.

–Sí, decididamente estoy aquí.

–Ven y deja que tu viejo padre te pueda ver mejor.

Con pies lentos, fue a su lado, se sentó en el borde de la cama y le dio un prolongado abrazo.

–No eres viejo, papá. Nunca serás viejo.

Se subió las gafas de leer hasta la cabeza.

–Me gustaría creer eso, pero me temo que mi estado físico insiste en lo contrario –cuando Raina se irguió, su padre se centró en Dharr, de pie cerca de la puerta–. Mis gracias al *shayx* por traerme a mi hija.

Dharr asintió.

–Ha sido un placer servirte, sultán.

Raina apoyó una mano en su brazo.

–¿Cómo te sientes de verdad?

Él frunció el ceño.

–Lo bastante bien como para no estar en este lecho. Sigo en control de todas mis facultades –le acarició la mejilla–. Se te ve cansada. ¿No has dormido bien en el avión?

–Sí, dormí. Dharr fue lo bastante amable como para cederme su suite durante el viaje.

El sultán miró rápidamente a Dharr.

–Si no recuerdo mal, solo hay una cama allí.

–Sí. Yo dormí en ella. Dharr permaneció arriba casi todo el viaje –y esa parte no era mentira.

–Entones, ¿habéis llegado a conoceros mejor?

Un tremendo eufemismo.

–Sí.

Una vez más, su padre miró a Dharr.

–¿Te molestaría que hablara con mi hija en privado?

Raina vio que Dharr asentía.

–Estaré afuera cuando te sientas preparada para retirarte a tus habitaciones, Raina. Que tengas paz, sultán.

–Y paz también para ti, jeque Halim.

Después de que Dharr abandonara la habitación, Raina se volvió hacia su padre y vio que su rostro era una máscara de preocupación.

–¿Hay alguna cosa que quieras decirme, Raina?

–¿Decirte? –cerró las manos.

–Sí. Siento como si me ocultaras algo.

Condenada intuición.

–No, papá. Todo va bien en el trabajo. Mi vida está en orden. Me estoy asentando en mi nueva...

–Me refiero a tu relación con Dharr.

A pesar del pánico interior, intentó mostrar una fachada relajada.

–Te prometo que nos hemos llevado bien. Es un hombre muy interesante.

–¿Y te trató bien?

–Por supuesto. ¿Por qué piensas otra cosa?

–Porque eres una mujer hermosa y él un varón de sangre caliente. Y aunque considero a Dharr lo más próximo a un hijo, si descubro que te ha tratado de forma inapropiada, tendría que matarlo.

Raina soltó una risa nerviosa.

–Tienes una imaginación desbocada, papá, como siempre.

–Mi única preocupación eres tú. Espero que Dharr te trate con el máximo respeto y contenga cualquier afecto serio, al menos hasta que os caséis.

–Ni siquiera pienso discutir ese contrato matrimonial, papá, porque ya te he dicho que no tengo intención de cumplirlo.

—No deberías ser tan célere en descartar la idea.

—No quiero casarme ahora.

Él se mostró esperanzado.

—Pero, ¿no has descartado por completo la idea en el futuro?

Se inclinó y le dio un beso en la mejilla.

—Buenas noches, papá. Estoy demasiado cansada para tratar ahora este tema, y tú necesitas descansar.

—Estoy bien —se llevó una mano al pecho, contradiciendo la afirmación.

—¿Estás bien? —preguntó Raina con preocupación.

—Te repito, estoy bien. Tomo suficiente medicación como para hacer que un hombre enfermo se recobre milagrosamente de cualquier dolencia.

—¿Seguro?

Él le palmeó la mejilla.

—Seguro. Y ahora vete a la cama. Hablaremos mañana.

—De acuerdo —al llegar a la puerta y apoyar la mano en el pomo, su padre la llamó. Se volvió para mirarlo—. ¿Sí, papá?

—¿Cómo está tu madre?

Sintió que el corazón se le encogía al ver la tristeza en sus ojos.

—Bien. No le alegra mucho que me haya mudado.

—Está sola.

—No tiene que ser así para ninguno de los dos, si dejarais de ser tan obstinados y reconocierais que aún os queréis.

—Es demasiado tarde para que nosotros seamos felices —dijo—. Pero no lo es para ti. Busca con ahínco esa felicidad, hija mía. Y cuando la encuentres, no la dejes ir.

–Descansa –pidió–. Te veré por la mañana.

–Eso espero –murmuró–. También me gustaría ver a un nieto antes de irme hacia lo desconocido.

Sin responder, Raina le sonrió y salió.

Dharr estaba apoyado contra la pared opuesta del pasillo con los brazos cruzados.

–¿Te muestro tu habitación ahora?

–Sí. Tenemos que hablar.

La condujo hasta una habitación situada a tres puertas de los aposentos de su padre. Después de entrar, Raina apenas fue consciente del sofá en forma de U situado debajo de un arco y de los ricos colores rojizos mezclados con turquesa. Pero sí fue muy consciente de la cama con dosel, y eso no tuvo nada que ver con la falta de sueño.

–Creo que debes saber lo que me dijo mi padre. Cierra la puerta –pidió, con el tono más ansioso de lo que a él le hubiera gustado exhibir–. No quiero que nadie nos oiga.

–Como desees –cerró y volvió a mirarla.

–Lo sabe –fue la forma sencilla en que lo soltó.

–¿Sabe qué? –Dharr avanzó unos pasos.

–Sabe que hubo algo entre nosotros.

–¿Cómo iba a saberlo a menos que tú se lo contaras?

–No mencioné nada que pudiera insinuar remotamente nuestro… ya sabes. Es evidente que ha percibido algo. Quizá sea el aceite. Lo olió. Juraría que creía haberlo lavado todo…

–Raina.

–Es obvio que no, y no porque no lo intentara. Pero estaba en las sábanas y…

–Raina.

–Esta mañana, sabía que debería haber tomado otra ducha…

La sujetó por los hombros para poner fin a sus desvaríos.

–No tendría modo de saber que era aceite para masaje. ¿Qué fue exactamente lo que te dijo?

–Que si se enteraba de que habías tenido un comportamiento inapropiado conmigo, o algo por el estilo, te mataría.

Dharr tuvo el valor de reír.

–Debe estar sintiéndose mejor.

–Dijo que no te estaba permitido tocarme íntimamente.

Bajó las manos de sus hombros.

–Comprendo.

–Hasta que nos casáramos.

Cualquier vestigio de humor, desapareció del rostro de Dharr.

–Sacó el tema del acuerdo matrimonial.

–Sí. Y yo me negué a hablarlo. Por supuesto, añadió un toque dramático llevándose una mano al pecho, aunque insiste en que no es nada. Empiezo a pensar que quizá tenga razón en parte, porque hasta ese momento, se le veía perfectamente bien.

–¿Crees que te está manipulando con su enfermedad?

Raina se estrujó las manos.

–De verdad creo que es probable que haya estado enfermo. También creo que ahora que estoy aquí, va a aprovecharlo hasta donde pueda, con la esperanza de convencerme de que me junte a ti de forma permanente. Fue obvio cuando mencionó nietos.

Dharr se puso a caminar por la habitación.

—Más motivos para no darle nada que despierte sus sospechas.

—Lo sé. Lo mejor será que ni siquiera nos miremos cuando estemos juntos.

Dharr se detuvo y frunció el ceño.

—Eso parecería poco usual, ¿no crees?

—Es probable —se encogió de hombros—. Estoy segura de que todo saldrá bien. Sin importar lo que él crea que haya podido pasar entre nosotros, carece de pruebas. Y comentó que te considera el hijo que jamás tuvo.

—Me siento halagado.

—Supongo que deberías estarlo, aunque teniendo en cuenta lo que hemos hecho, parece un poco incestuoso.

Se acercó a ella.

—Te aseguro que ninguno de los pensamientos que he tenido contigo han sido fraternales.

Raina le rodeó la cintura con los brazos.

—Lo mismo digo. Jamás he pensado en ti como en mi hermano.

—Raina, no deberíamos hacer esto —dijo, pero la acercó a él.

—No hacemos nada. Solo es un abrazo inocente entre casi dos hermanos.

—Lo que pasa por mi cabeza no sería considerado inocente.

—¿Y qué es? —lo miró con inocencia.

Respondió reclamándole la boca en un beso en absoluto inocente. Un beso ardiente, profundo, embriagador.

Pero pasado un tiempo que a Raina le pareció demasiado breve, terminó. Dharr retrocedió.

–Necesitas dormir.

Lo necesitaba a él.

–Tienes razón. Y ahora huye a tu dormitorio. A propósito, ¿dónde está?

Él bajó los brazos a los costados.

–Te encuentras en él.

–¿Quieres decir que vamos a volver a dormir en la misma cama? –no pudo ocultar su sorpresa ni su excitación.

–No. Yo ocuparé la suite que hay al final del pasillo. Es más pequeña que esta y huele a pintura fresca. Estarás más cómoda aquí.

No sin él en su cama, a pesar de lo mucho que odiaba reconocerlo.

–Realmente no considero que sea necesario sacarte de tus aposentos. Yo puedo ocupar los más pequeños. Estoy acostumbrada al olor a pintura.

–Insisto. Y esta habitación está más cerca de la de tu padre.

Raina no sabía muy bien si eso era bueno.

–Si estás seguro.

–Solo estoy seguro de una cosa, Raina –le acarició la mejilla–: Echaré de menos no tenerte en mis brazos esta noche.

Sin más comentarios, se dirigió a la puerta y la dejó sola.

A menos que Dharr Halim se tomara un año sabático en la otra punta del mundo, le sería imposible soslayarlo.

Capítulo Seis

Dharr no estaba seguro de qué decirle al sultán cuando respondió a su llamada. Sin embargo, le gustó descubrir que Idris se hallaba sentado por primera vez desde que regresó al palacio procedente del hospital.

–Me alegro de que te muevas con soltura, Idris.
El sultán sonrió.

–Tener a mi hija en casa me ha renovado las fuerzas –indicó el sofá próximo al sillón que en ese momento ocupaba él–. Siéntate un rato conmigo antes de que os marchéis a la fiesta del reciente matrimonio de la hija de Ali Gebwa.

Una vez que lo satisfizo, se preparó para una conversación seria, y no quedó decepcionado cuando Idris dijo:

–Mi hija es una joya y como tal ha de ser tratada. ¿Me expreso con claridad en ese punto?

Ocultando la culpabilidad detrás de una expresión severa, Dharr respondió:

–Me hiere que no confíes en mí.

–Soy un hombre, Dharr. Y sé que no es fácil resistirse a una mujer hermosa como mi hija.

–Puedes contar con que la trataré con el mayor de los respetos.

–Bien. ¿Has reflexionado sobre el compromiso matrimonial?

Como había sospechado, Idris aún albergaba esperanzas de que se casaría con su hija.

—Raina y yo no hemos hablado a fondo de ese tema, aunque sé que planea regresar a los Estados Unidos dentro de unos días.

—Entonces, debes impedir que lo haga.

Proeza que Dharr no se atrevía a acometer.

—Es independiente y libre de hacer como le plazca. No le impondría ningún castigo por un acuerdo que estableciste con mi padre hace muchos años.

—Un buen acuerdo, podría añadir.

Aunque su tono fue sombrío, no sonó tan severo.

—Vivimos en tiempos distintos, Idris. No tenemos las mismas creencias que vuestra generación.

—Y esas antiguas creencias no siempre son desacertadas. Los matrimonios alcanzados por acuerdos, casi siempre tienen éxito. Los que se llevan a cabo por emociones como el amor, a veces no sobreviven.

—Supongo que tienes razón, pero, una vez más, no hemos sacado el tema.

Idris adelantó el torso y le dedicó una mirada severa.

—Deberíais, y pronto. Mi hija podría sorprenderte.

De hecho, ya lo había hecho en todos los sentidos, pero eso no tenía nada que ver con el matrimonio que ambos rechazaban con firmeza. No obstante, le ofrecería alguna esperanza a Idris para evitarle contrariedades.

—Lo consideraré.

Al menos el sultán se mostró complacido, aunque Dharr no tenía intención de volver a sacar el tema del contrato con Raina.

–Bien. Dale a los Gebwa mi enhorabuena esta noche. Y cuida de mi Raina.

Se puso de pie y giró hacia la entrada, en absoluto preparado para ver a Raina vestida con una blusa y una falda turquesas, el cabello recogido de la frente y con una trenza larga que dejaba al descubierto sus facciones exquisitas.

–Papá, ¿seguro que puedes estar levantado? –preguntó.

Al pasar junto a él, notó la fragancia de cítricos que había detectado durante su primer encuentro en California.

–Tengo plena capacidad para sentarme –gruñó Idris.

Raina no trató de ocultar su preocupación.

–Mientras el médico dé su visto bueno, supongo que está bien.

Las facciones de Idris se suavizaron al observar a su única hija.

–Te preocupas por nada. El médico dice que es bueno que realice alguna actividad durante breves períodos de tiempo.

Cuando se agachó para abrazar a su padre, Dharr vislumbró algo de su espalda dorada y la parte superior del tatuaje de la lámpara. No cabía duda de que esa noche iba a tener que librar una batalla consigo mismo para no tocarla… una batalla que le costaría ganar.

Raina se irguió.

Idris centró su atención en Dharr.

–¿No es hermosa, jeque Halim?

–Sí, lo es –más hermosa de contemplar que las

mujeres con las que había tratado en el pasado–. Y llegamos tarde. Los guardias nos esperan y el coche está listo.

–¿Guardias? –preguntó Raina con desaprobación.

Idris palmeó la mano que en ese momento reposaba en el borde de la mesa.

–Vas con un futuro rey, Raina. Y aunque vivimos en un país en paz, están aquellos que querrían verlo caído.

Raina le dedicó una mirada rápida antes de volver a observar a su padre.

–De acuerdo, supongo que deberíamos irnos. Intenta descansar un poco, papá.

–Es lo único que hago, pequeña.

–Dharr y yo pasaremos a verte cuando volvamos –giró la cabeza y le sonrió–. No será muy tarde, ¿verdad?

Si podía ver cumplido su sueño, el tiempo que estuvieran juntos sería toda la noche... en su cama.

–Será una velada breve.

Idris los despidió con un gesto de la mano.

–Marchaos y no penséis más en mí. Estaré dormido cuando regreséis. Disfrutad de la noche juntos.

Dharr no pasó por alto el énfasis que el sultán puso en la palabra «juntos». Era extraño, pero Idris no dejaba de lanzarle advertencias al tiempo que parecía decidido a mantenerlos juntos.

Raina se sintió conmovida por la galantería de Dharr al tomarla de la mano y ayudarla a bajar del sedán negro ante la entrada de la celebración ya en marcha.

Los recuerdos que tenía de Azzril habían sido los de un refugio para turistas de diversos países que iban en busca de una experiencia de cultura árabe. Una Meca para todas las religiones y pueblos. Bajo el reinado del padre de Dharr, y de su abuelo antes, habían conocido casi siempre una coexistencia pacífica dentro de las fronteras, protegidos del resto del mundo por cadenas montañosas. Teniendo en cuenta el estado en el que se hallaba el mundo, rezaba para que eso continuara igual.

El sendero que recorrían en ese momento había sido acordonado para su llegada y el perímetro rodeado de infinidad de guardias. Hasta ellos llegaron aromas de comida autóctona, que le hicieron recordar un tiempo más sencillo, antes de que sus padres siguieran caminos separados. Solo entonces se dio cuenta de lo mucho que había echado de menos la atmósfera y la cultura que había sido una gran parte de sus años de formación.

Mientras Dharr cruzaba un callejón que separaba dos pequeños edificios de piedra, llegaron ante un fuego intenso rodeado por varios hombres vestidos con los tradicionales *dishdashas* blancos y los *muzzares* encima de las cabezas. Al verlo, se incorporaron de inmediato y se inclinaron con los ojos clavados en el suelo, como si Dharr fuera un dios. Raina tenía que reconocer que con su *kaffiyeh* asegurado con la banda dorada y azul y la túnica blanca también rebordeada de oro, podía pasar por un ser etéreo de ojos muy oscuros y sonrisa letalmente seductora.

Dharr reconoció a los hombres con un saludo cortés y un asentimiento antes de continuar hacia el centro de la actividad. La presencia del jeque se fue conociendo poco a poco. Los hombres se inclinaban con reverencia y las mujeres emitían risitas nerviosas. Al parecer, las mujeres lo reverenciaban y los hombres lo respetaban. Raina lo conocía como hombre, no como príncipe. De hecho, lo conocía íntimamente. Ese pensamiento le provocó un súbito rubor.

Los congregados emitieron una ronda colectiva de sonidos de aprobación cuando Dharr apartó a un guardia para permitir que una niña entrara en el círculo protegido. Él se arrodilló ante la pequeña y sonrió, mostrando un lado más blando que hasta entonces Raina no había presenciado.

Eso no era del todo cierto. Si rememoraba los días en que lo había conocido solo como un amigo de la familia, recordaba las ocasiones en que la había tratado como si pudiera ser especial. Entonces, ella había tenido ocho años y él dieciséis. Y en ese momento era un hombre... un hombre notable y enigmático.

Sería un gran rey. Un padre excepcional. Un marido maravilloso. Pero no para ella. Ella se reservaba el derecho a elegir al hombre que pudiera amarla, y ese hombre no era Dharr Halim, a pesar de que en ciertos sentidos empezaba a desear que pudiera ser así.

En ese instante él exhibía una sonrisa reservada a la niña angelical que le presentaba una flor roja de papel mientras le susurraba algo al oído. De pronto él la miró y le ofreció la misma sonrisa, derritiéndole el corazón.

Dharr palmeó la mejilla de la pequeña, se incorporó y fue hacia ella. Con cada paso que daba en su dirección, el corazón se le aceleraba.

En cuanto estuvo delante, le ofreció la flor.

—De un admiradora.

Aceptó la creación de papel y saludó a la niña, que le regaló una sonrisa.

Pero su atención no tardó en regresar a Dharr.

—Pasea conmigo —le pidió él subiendo por el sendero de tiendas folclóricas que alineaban la zona común donde continuaban las festividades.

Mientras paseaban a un ritmo pausado, rodeados por el contingente de guardias delante y detrás de ambos, Dharr le habló del proceso reciente para modernizar Tomar.

Cuando le comunicó que planeaban un museo de arte, Raina se detuvo y se situó ante él.

—Me sorprende que no me lo mencionaras antes.

—Di por hecho que no te interesaría.

Ella abrió mucho los ojos.

—¿Cómo puedes decir eso sabiendo que el arte es mi vida?

—En California, no en Azzril.

Eso le dolió, pero comprendió por qué podía creerlo.

—Me interesa todo lo que tiene que ver con el arte. ¿Tienes ya algún compromiso en término de colecciones?

—Donaré mi propia colección, salvo una pieza en particular.

—Supongo que se trata de una pieza muy especial —se arrebujó en el chal, aunque no tenía frío gracias a la presencia de Dharr.

–Sí. Un Modigliani.

Uno de sus favoritos.

–Vaya. Algún día me gustaría verlo.

Él se inclinó y, aunque hablaban en inglés, bajó la voz y dijo:

–Cuelga en mi dormitorio, sobre la chimenea. Me sorprende que no lo notaras.

No había tenido la suficiente coherencia como para notar nada en el enorme dormitorio.

–Me lo puedes mostrar más tarde –murmuró. Vio que en los ojos de Dharr ardía algo más intenso que el fuego.

Les tocó bajar por el pasaje peatonal y pasaron ante una tienda en cuyo escaparate se exhibía una lámpara dorada que atrajo la atención de Raina. Entró en el local pequeño donde un hombre de barba gris atendía el mostrador.

En árabe, le preguntó por el precio del quemador de incienso; el tendero le informó de que era de oro puro y muy caro. Resignada porque no entraba en su presupuesto, dio media vuelta y casi choca con Dharr.

–¿La quieres? –le preguntó con voz ronca.

Más que la lámpara, lo deseaba a él.

–Puedo vivir sin ella.

–No deberías hacerlo si es lo que desea tu corazón.

Sin aguardar su respuesta, Dharr se acercó al mostrador y solicitó que se la envolviera sin siquiera preguntar el precio. Sin embargo, no supo si el hombre hubiera sido capaz de responder, debido a la expresión aturdida y a la necesidad aparente de inclinarse varias veces ante su príncipe.

Ella tiró de su manga para llamar su atención.

–Es de oro e imagino que muy cara.

–Puedo permitírmela.

–Eso lo sé, pero no tienes por qué hacerlo.

–Tu expresión me ha revelado que te has prendado de ella.

–Tal vez debería frotarla y ver si sale un genio. Entonces valdría su precio.

Él se inclinó para susurrarle:

–Prefiero frotar la otra lámpara que tienes en posesión –aceptó el paquete que le entregó el tendero y se lo pasó a ella–. Ahora es tuya –dijo, luego le indicó al hombre que le enviara la factura a su nombre.

Con esa sencillez, Raina tuvo en la mano una lámpara inapreciable y un anhelo desesperado por el príncipe que se la había regalado. Pero al emprender otra vez la marcha, comenzó a darse cuenta de la extensión de la importancia de Dharr cuando este continuó deteniéndose aquí y allá para aceptar el reconocimiento de su pueblo, estrechar las manos extendidas y palmear las cabezas de los niños. Descubrió que era un hombre que no se tomaba su responsabilidad a la ligera.

Entonces comenzó a sonar un tambor, anunciando la *Razha*, una danza de celebración ejecutada por hombres con espadas y que recitaban poesía. Raina permaneció a su lado y observó el maravilloso espectáculo que recordaba de su juventud. El viento moderado seguía soplando, pero no mitigó el calor cuando Dharr entrelazó los dedos con los suyos. El gesto la sorprendió, a pesar de que él mantenía las manos próximas a su cuerpo y las túnicas ayudaban a ocultarlas.

Varios fuegos moteaban la zona, sumiendo a los

artistas en una bruma casi surrealista. El poderoso olor a *bokhur* de sándalo impregnó el lugar procedente de la tienda a sus espaldas. El tambor incrementó el ritmo a medida que los hombres empezaban a ejecutar unos movimientos frenéticos.

Cuando Dharr le acarició la muñeca con el dedo pulgar, Raina experimentó un mareo. Se sentía ebria a pesar de que no había bebido ni una gota de alcohol. Le habría encantado abrazarlo, que la abrazara… eso haría que la noche fuera perfecta. Casi. Podía pensar en una única cosa que decididamente aportaría perfección… hacer el amor con él.

Cuando Raina osciló hacia él, Dharr le pasó el brazo alrededor de la cintura y la pegó a su costado.

—¿No te encuentras bien?

—Solo estoy un poco mareada.

Habló tan bajo que apenas logró escucharla.

—Aguarda aquí –le dijo.

Le quitó la flor y el paquete y se aproximó a su guardia de más confianza. Después de entregarle los artículos, le manifestó lo que le preocupaba en inglés para que no pudiera entenderlo la mayoría de los espectadores, y le solicitó un lugar adonde pudiera llevar a la señorita Khalil durante un rato hasta que supiera si debían marcharse antes de lo planeado.

Después de que Dharr regresara junto a Raina, el guardia se acercó al tendero, quien señaló la parte de atrás de su local. Una vez más Dharr le tomó la mano y, cuando daba la impresión de que nadie miraba, se la llevó al interior de la tienda.

—¿Adónde vamos? –preguntó ella.

–Aquí –repuso al abrir la puerta al final del pasillo, revelando un almacén pequeño alineado con estanterías y cajas.

La guio a un espacio abierto y le apoyó la espalda contra la pared.

–Ha sido demasiada actividad para ti. Debería haber insistido en que esta noche te quedaras en el palacio. Descansarás un poco y luego nos iremos.

Le dedicó una sonrisa cálida.

–Me lo estoy pasando muy bien.

–Parecías a punto de desmayarte.

–En absoluto. Me siento bien.

Y se la veía increíblemente hermosa. La plenitud de su boca, la extensión de ese cuello esbelto, el resplandor dorado de sus ojos… todo eso solo sirvió para potenciar su excitación. Lo tenía absolutamente cautivado, pero también le preocupaba su salud.

–¿Estás segura de que te sientes bien como para continuar?

Entreabrió los labios para suspirar.

–Reconozco que durante unos momentos me sentí algo mareada, pero creo que se debió a una combinación de varias cosas: las hogueras, los bailarines, el incienso –introdujo las manos debajo de la túnica de él y las apoyó en su cintura–… estar cerca de ti.

Él apoyó una mano en la pared encima de la cabeza de ella.

–Esto es imprudente, Raina.

Suspiró, sin dejar de mirarlo.

–Quiero volver a estar contigo, Dharr. Estoy harta de fingir que no te deseo.

A él le sucedía lo mismo.

—Solo hemos tenido que mantener esa simulación menos de un día.

—Para mí, una hora ya es demasiado.

—Pero dijimos…

—Sé lo que dijimos. Y si me dices ahora, ahora mismo, que no me deseas tanto como yo te deseo a ti, entonces seguiré fingiendo.

Las palabras no pudieron formarse en su boca, ya que si las pronunciara, diría una gran mentira. En vez de una respuesta verbal, manifestó la absoluta necesidad que tenía de ella con un beso tan profundo que no podría dejarle ninguna duda.

Deslizó las manos por los costados de Raina y luego volvió a bajarlas hasta su cintura, con un simple roce de los nudillos sobre el cinturón, podría habérselo soltado en cuestión de segundos, bajándole la falda por los muslos hasta el suelo de cemento. Podría hacer lo mismo con sus braguitas y luego bajarse la cremallera, ocultarlos a ambos en la plenitud de la túnica y saber al fin lo que se sentiría al estar dentro de ella.

Nadie los molestaría. Nadie se enteraría.

Sin embargo, ella merecía algo mejor que que le hicieran el amor contra una pared picada en el interior de un almacén atestado. Merecía tiempo para reconsiderarlo antes de que fuera demasiado tarde.

Cuando ella acercó la mano a su cremallera, Dharr le sujetó la muñeca y la detuvo.

—Una vez más, no tengo nada con qué protegerte del embarazo.

Le dedicó una mirada de súplica.

—Sé que suena a locura, y quizá lo sea, pero necesito tocarte, ahora, Dharr. Quiero que me toques a mí.

En ese momento era lo que más deseaba, por encima del respeto de su pueblo.

–Ahora no. No en este instante.

–Entonces, no me deseas –en su voz resonó la desilusión.

Para reafirmarla, volvió a besarla antes de pronunciar la única verdad que conocía en ese momento.

–Esta vez, quiero estar dentro de ti.

–Entonces, hazlo –repuso con tono salvaje–. Pronto.

Dharr se despidió de su sabiduría, o quizá era algo que ya había hecho en cuanto Raina se reincorporó a su vida. Pero eso ya no importaba.

Le tomó el rostro entre las manos y estudió sus ojos para cerciorarse de que en ellos no había vacilación alguna. No la encontró.

–Te lo prometo, Raina, esto llegará al final. Esta noche.

Sin embargo, algo le decía que solo sería el principio.

Capítulo Siete

Cuando la caravana de vehículos atravesó las puertas de hierro y se detuvo ante el palacio, Dharr fue el primero en bajar para ofrecerle la mano a Raina, quien la aceptó sin titubeos.

Al cruzar las puertas dobles, tuvo ganas de subir las escaleras a la carrera y desnudarse en el proceso. No era una idea muy apropiada, ya que Badya los esperaba junto a la barandilla.

—¿El jeque y la princesa han pasado una buena noche? —preguntó la mujer con voz agradable.

—Magnífica —repuso Dharr detrás de Raina.

—¿Mi padre sigue despierto? —preguntó ella, sintiéndose un poco culpable cuando Badya le confirmó que se había ido a dormir hacía horas y que la vería por la mañana.

—Entonces, me voy a la cama —comentó con exceso de animación, algo que supo que Badya había captado.

—Que descanses —repuso la mujer, dedicándole una mirada de leve cautela.

En cuanto subió la escalera, Raina no se atrevió a mirar atrás. La anticipación y la euforia le arrebolaron las mejillas y ese calor descendió en espiral por todo su cuerpo. No fue hasta llegar al dormitorio cuando se decidió a mirar a Dharr.

Él miró en ambas direcciones del pasillo y dijo:

—Me retiraré a mis aposentos hasta que pase la última guardia.

—Pero, ¿volverás? —odió lo insegura y desesperada que sonó.

—Puedes contar con ello —después de echar otro vistazo, se inclinó para acariciarle el trasero y darle un beso suave—. Espérame.

Entró en la habitación que había sido de él y con rapidez se desnudó, se soltó la trenza que le sujetaba el pelo, bajó las luces y abrió la cama, para tumbarse boca arriba a la espera de que llegara Dharr. Pasaron los segundos y luego los minutos, y al final centró la atención en la chimenea de piedra del otro lado de la estancia, donde el cuadro preferido de Dharr colgaba sobre la repisa. Ni el valioso desnudo pudo mantener su atención mucho tiempo.

Se preguntaba si había cambiado de idea cuando la puerta se abrió y cerró y unas pisadas se acercaron.

Giró la cabeza y lo vio de pie junto a la cama, poderoso e imponente mientras se desnudaba de forma meticulosa, hasta que ella tuvo ganas de pegarse a su cuerpo y rogarle que se diera prisa. En cuanto quedó completamente desnudo, echó algo sobre la mesilla. Preservativos, dio por hecho Raina. Al menos esa noche se hallaba preparado.

Cuando se acostó a su lado, la tomó en brazos y la besó minuciosamente, deslizando la lengua en un tempo erótico que pronosticaba lo que le haría a su cuerpo. Pasado un rato, bajó por su garganta hasta llegar al valle entre sus pechos para introducirse un pezón en la boca, rodeándolo con la lengua una y otra vez hasta que Raina pensó que podría caer en el reino de la locura. Sin embargo, no se demoró mucho allí y pasó a darle besos por el estómago mientras le sujetaba las caderas con las manos.

Solo pudo soltar un suspiro trémulo cuando continuó con la boca hasta dejarla firmemente plantada entre sus muslos, dedicándole el beso más íntimo.

Era una tiranía dulce, una posesión absoluta, como si marcara su territorio con esa boca hábil. La presión creciente se enroscó más y más con cada pasada de la lengua, cada succión de los labios. Intentó retrasar lo inevitable mientras sintonizaba con cada sensación maravillosa. La llevó más y más alto al tiempo que le elevaba las caderas para ganar plena ventaja, desterrando cualquier plan de Raina de prolongar la experiencia. Alcanzó el clímax con un escalofrío violento, luego otro, hasta que temió que nunca sería capaz de dejar de temblar.

Volvió a subir con los labios por su cuerpo y al llegar a la boca le dio un beso leve antes de dejar sus brazos. Ella quiso gemir como protesta, pero se contuvo al oír el sonido del celofán al romperse. No obstante, Dharr mantuvo la palma de la mano entre sus muslos, sumiéndola en otro frenesí mientras se ocupaba de la protección.

Sin duda, ese era el mejor momento de revelarle que él sería su primer amante. Pero si realizaba esa declaración, ¿cambiaría de parecer? Por ello, optó por nadar con la corriente y explicárselo después del acto.

Una vez más se situó encima de ella y le pasó las manos por el pelo.

–Debo preguntártelo otra vez –comentó con un susurro ronco–. ¿Estás segura?

–Dharr –repuso, frustrada–, si paras, gritaré.

Le dio un beso en la sien.

–Es posible que grites antes de que termine la noche, pero no porque no culmine lo que vamos a empezar –le separó las piernas con un muslo poderoso–. Y espero que no porque te cause demasiado dolor, aunque experimentarás un poco la primera vez.

Él lo sabía.

–Lo entiendo.

–Entonces, no has estado con otro hombre.

Raina compendió que la había provocado para que lo reconociera.

–Está bien, Dharr. Deseo esto.

–Y yo, pero…

Le puso un dedo sobre los labios para silenciar sus preocupaciones.

–Basta de preguntas. Y de remordimientos. Hemos llegado hasta aquí, ya no podemos dar marcha atrás. No quiero hacerlo.

Justo cuando pensaba que quizá se lo pensara, entró en ella, con cuidado y de forma metódica, dilatándola para que lo acomodara. Bajo ningún concepto era un hombre pequeño, y Raina no estaba segura de cómo podría recibirlo todo, pero él se encargó de ello con una embestida veloz.

Ella trató de amortiguar el jadeo, sin éxito.

Dharr se quedó quieto y le habló con una voz tan suave como las sombras, diciéndole lo bien que se sentía rodeado por ella. El tiempo que había deseado eso, que la había deseado a ella. Volvió a besarla, primero en la boca y luego en los pechos, y se frotó contra ella, creando una fricción deliciosa que la llevó hasta el borde de otro orgasmo que amenazó con igualar el primero. La agarró de los glúteos, la acercó a él y empleó las yemas de los dedos para explorar al tiempo que mantenía una cadencia constante. Pero el acto no tardó en adquirir un giro frenético a medida que incrementaba el ritmo, hasta que Raina se aferró a sus hombros y, sin pensárselo, le arañó la espalda.

Se rindió al ondulante clímax, se aferró a él y cabalgó cada ola. La espalda de Dharr se quedó rígida bajo sus manos y un gemido casi animal escapó de los labios que en ese momento reposaban junto a sus oídos. Se quedó quieto unos momentos, silencioso, luego musitó una maldición suave en árabe.

—¿Qué sucede? —preguntó Raina.

Él rodó hasta separarse de ella y la acomodó contra su costado.

—Llegó demasiado deprisa.

Ella suspiró aliviada.

—No estoy segura de poder soportar mucho más.

Él se puso tenso.

—¿Te he hecho mucho daño?

Rio en voz baja.

—Me refería a que fue casi demasiado bueno —pensó en lo que rondaba por su mente y que debía preguntarle—. ¿Cómo sabías que nunca había estado con alguien?

—No estaba seguro, pero tenía unas sospechas. O quizá era un simple deseo.

Ella alzó la cabeza y frunció el ceño.

—Oh, lo típico de «soy un macho y quiero ser el primero».

Él le acarició el brazo.

–Eres una mujer extraordinaria, Raina. No quería pensar que un hombre se aprovechara de ti, aunque yo podría entrar en esa categoría si consideramos que me llevé tu virginidad.

Le golpeó el pecho.

–Vamos, Dharr. Fue elección propia. Mi decisión acerca del quién y del cuándo. Y te elegí a ti.

–¿Por qué a mí, Raina?

Sonaba y parecía demasiado sombrío para un momento tan especial.

¿Cómo explicarlo cuando ella misma solo podía especular?

–Quizá porque sabía que me tratarías bien. Quizá porque sabía que sabrías lo que hacer. Quería que mi primera experiencia fuera con alguien en quien puedo confiar –alguien que le importaba más de lo que debería.

Él le dio un beso en la sien.

–Espero que no te decepcionara.

Se incorporó sobre él y le apartó un mechón de pelo oscuro de la frente.

–Deja que te diga lo decepcionada que estoy –le besó la mejilla y luego los labios–. ¿Cuándo podemos hacerlo otra vez?

Él sonrió.

–Me sorprendes. Para alguien tan joven, tienes unos apetitos muy fuertes.

–Tengo veinticinco años, Dharr, no quince. Y he suprimido mis apetitos más tiempo que la mayoría, de modo que tengo mucho que descubrir.

La sonrisa de él desapareció.

–Después de esta noche, si continuamos, nos arriesgamos a que nos descubran.

–Quizá por eso es tan excitante.

–¿Estás diciendo que quieres continuar con esta aventura hasta que te marches?

Aventura. Ahí estaba la fría y dura verdad. Pero ¿no era exactamente lo que había querido? Solo unos momentos robados con un hombre sexy y desconcertante que no tenía planes de compromiso. Debía aprovechar el tiempo de que dispusieran hasta que tuviera que regresar a California. Y entonces despedirse de él para siempre, aunque ella jamás lo olvidara.

Se obligó a sonreír, a pesar del súbito dolor en su corazón.

–Bueno, teniendo en cuenta nuestra historia reciente, no sé si seremos capaces de parar. Por lo tanto, sí, no veo por qué no debemos disfrutar el uno del otro mientras tengamos tiempo.

–Vamos a tener que ser muy discretos.

–Yo puedo serlo –si su cara y su corazón no la delataban. Le dio un beso en el torso y luego volvió a mirarlo–: Entonces, ¿crees que podríamos repetir dentro de un rato?

La expresión reservada y la rigidez de él le demostraron que no parecía muy entusiasmado con su petición.

–Los dos necesitamos dormir esta noche. Será mejor si lo hacemos en camas separadas.

No soportaba la idea de que se marchara en ese momento.

–Quédate un rato, Dharr. Solo un rato más.

Él la abrazó.

–Supongo que podría, al menos hasta que te quedes dormida.

Raina se relajó contra él, regocijándose con su

calor, con su fuerza, su abrazo. Sin embargo, al cerrar los ojos tuvo que luchar contra el repentino aguijonazo de las lágrimas inesperadas. Esa podía ser la mejor noche de su vida, y en muchos sentidos lo era. Pero también sabía que se acabaría muy pronto, que le quedaban muy pocas horas en los brazos y en la vida de Dharr Halim.

La primera luz del amanecer al entrar por la ventana lo despertó. Con Raina en sus brazos, se había sumido en un sueño profundo por primera vez en meses. Pero como alguien descubriera que estaban en la cama, las consecuencias serían grandes.

Se soltó de ella con delicadeza y se sentó en la cama. Se puso de pie, recogió la ropa del suelo y fue al cuarto de baño a lavarse, vestirse y destruir la prueba del acto de amor. Esperó que le resultara igual de fácil mantener a raya sus emociones, aunque creía que ya podía ser demasiado tarde para eso, porque lo que sentía por ella había empezado a ir más allá de la necesidad y el deseo mutuos.

La miró por última vez y se obligó a marcharse antes de que lo impulsara a olvidarlo todo.

Al caminar por el pasillo en dirección a su habitación, de inmediato notó que Abid se hallaba cerca de su puerta, apoyado contra la pared con un periódico en la mano. Era evidente que era más tarde que lo que Dharr había imaginado, y demasiado tarde para ocultar dónde había pasado la noche.

−¿Está seguro de que pasar la velada con la señorita Khalil ha sido inteligente, excelencia? –preguntó Abid cuando lo tuvo cerca.

Dharr abrió la puerta sin mirarlo.

La suspicacia en el tono de su asistente no le agradó. Se volvió hacia Abid con mirada acerada.

–¿Por qué te has levantado tan temprano esta mañana?

El otro le ofreció el periódico.

–Pensé que debería ver esto de inmediato.

Dharr aceptó el periódico y comprendió a la perfección la preocupación de su asistente nada más ver el titular. Sin embargo, la foto que lo acompañaba era más reveladora. En ella aparecían la princesa y él de pie cerca de la tienda donde se habían refugiado: él la rodeaba con un brazo y ella apoyaba la cabeza en su hombro.

Durante largo rato lo contempló con incredulidad, luego miró a Abid.

–¿Sabes cómo ha sucedido esto?

–Supongo que la prensa realizó esa suposición por la fotografía tomada anoche.

Dharr plantó el periódico sobre la silla más cercana.

–Te ordené que mantuvieras a la prensa alejada.

–Ejecutamos esa orden como mejor pudimos. La fotografía la pudo haber sacado alguien de la zona o un turista, para luego venderla por una suma considerable.

–¿Qué ponía el artículo acerca de la princesa? –preguntó, de espaldas a Abid.

–Solo que había estado viviendo en los Estados Unidos.

Se volvió para mirar a su asistente.

—¿Lo ha visto ya el sultán?

—No, que yo sepa.

—Bien.

—Pero se le cita en el artículo.

—¿Qué?

—Pone que los dos tienen su bendición para la unión y que espera que lleguen a conocerse bien.

Sin duda si Idris supiera lo bien que se conocían ya, les retiraría la bendición.

—Prefiero comentárselo a la princesa yo personalmente —desconocía cuál sería su reacción.

Abid asintió.

—Me cercioraré de que venga a verlo en cuanto se despierte. ¿Cómo desea responder al artículo?

Dharr se dejó caer en el sillón más próximo al pie de la cama y se frotó el mentón sin afeitar.

—Lo consideraré en las próximas horas.

—Podría exigirles que se retractaran.

—Eso atraería más atención sobre la princesa.

—Y si no decimos nada, se avivarán las suspicacias.

Estaba demasiado cansado para pensar en otra cosa que no fuera darse una ducha para prepararse para el día… y en pensar cómo le transmitiría la noticia a Raina. En cuanto descubriera que todo el país, posiblemente muchos países, habían empezado a dar por hecho que había regresado para casarse con él, querría marcharse de inmediato. Y eso le molestaba más de lo que quería reconocer.

—Una cosa más —comentó Abid con seriedad—, esta mañana he tenido noticias del rey.

—¿Y qué ha dicho?

—Que recortará el viaje que está haciendo con

la reina para regresar la noche de la recepción de los diplomáticos de Doriana al final de la semana.

—¿Comentó por qué? —preguntó, aunque ya tenía sus sospechas.

—Mencionó que quería estar presente para el anuncio oficial de su compromiso.

Ni se molestó en preguntar cómo se había enterado de la noticia su padre. Como siempre había sucedido, cualquier información acerca de sus actividades viajaba a la velocidad de la luz.

Se levantó e indicó la puerta.

—Puedes retirarte, Abid. Te veré en la sala de conferencias dentro de una hora.

Abid realizó una leve reverencia.

—Como desee, excelencia —dio media vuelta, pero al llegar a la puerta, lo miró otra vez—. Puede estar seguro de que lo que presencié esta mañana no saldrá de aquí.

—Agradezco tu lealtad.

Pero dudaba mucho de que Raina apreciara alguno de los acontecimientos recientes. Parecía muy probable que lo que habían vivido la noche anterior fuera la última vez.

Cuando llamaron a la puerta, Raina dejó el cepillo en el tocador y, con cierto nerviosismo, fue a abrir. Al ver que se trataba de Badya, el nerviosismo se tornó en frustración.

La mujer entró con una bandeja llena y sonrisa alegre.

—Te traigo el desayuno, *yáahil.*

Lo último que quería Raina era comida, a pesar de que debería estar famélica. Pero lo que anhelaba en ese momento era un poco de intimidad, o mucho más de Dharr.

Recogió el cepillo y continuó peinándose sin mirar a Badya.

—Estás decidida a engordarme durante mi estancia aquí, ¿verdad?

—Sí. Es mi trabajo. Atender tus necesidades, como he hecho en el pasado. En cuanto te cambie las sábanas, me marcharé.

Antes de que pudiera protestar, Raina oyó el jadeo de Badya.

—Oh, Raina. ¿Qué has hecho?

Raina apretó el cepillo y cerró los ojos. Imaginó perfectamente qué era lo que veía.

—No saques conclusiones precipitadas, Badya. Solo ha sido una visita de la maldición mensual.

—O tal vez una visita del jeque. No soy tonta, *yáahil*.

Se volvió para emitir otra negativa, pero vio a Badya con la vista clavada en la caja de preservativos en la mesilla. No le quedó más alternativa que contarle a su antigua niñera la verdad.

—No pasa nada, Badya —se apoyó en la cómoda para decir la primera mentira—. Ninguno de los dos lo planeó —mentira número dos—. Dudo de que vuelva a pasar —mentira número tres, o eso esperaba.

Badya se dejó caer en el sillón junto a la ventana.

—¿No ha significado nada más para ti? ¿Es que tu madre y yo no te enseñamos nada?

—Esto no tiene nada que ver con mi madre o contigo. Fue mi decisión, y hecha está.

La mujer mayor movió la cabeza.

–Me decepciona mucho el jeque. Debería saber que no debe aprovecharse de una inocente.

Raina tuvo que reír.

–Odio decirte esto, pero no fue idea suya. Tu pequeña ha crecido, Badya. Ahora es una mujer.

–Puede que eso sea verdad, pero aún eres mi *bint*.

Se apartó del tocador y fue a abrazar a su antigua niñera.

–En un sentido, siempre seré tu niña pequeña. Y espero que no hables de esto con nadie.

Badya apoyó una mano en su generoso seno.

–Jamás haría algo así, a pesar de lo mucho que me gustaría reprender al jeque.

–Eso no será necesario.

Badya se puso de pie y volvió a abrazarla.

–Tengo mucho que hacer esta mañana, así que por ahora te dejaré para que te vistas, luego regresaré con sábanas nuevas –movió la cabeza–. Solo espero que no sufras por la decisión tomada.

–Quiero ver a papá. ¿Está despierto?

–Sí, pero primero el jeque quiere unas palabras contigo.

–¿Ahora?

–De inmediato –la evaluó rápidamente–. O al menos una vez que te hayas vestido de forma apropiada –recogió el periódico de la bandeja del desayuno y lo alzó–. Felicidades, princesa Khalil. Parece que vas a ser la próxima reina de Azzril.

Capítulo Ocho

–¿«El jeque reclama a su prometida»? Por favor…

Dharr alzó la vista de los planos del museo y vio a Raina de pie en el umbral de la sala de conferencias.

–Cierra la puerta –le dijo al incorporarse y rodear la mesa.

Después de obedecer, cruzó la estancia para plantarse delante de él.

–¿Tienes idea de los problemas que nos va a causar esto?

–No lo considero problemático –una pequeña mentira para ayudar a aliviar las preocupaciones de Raina.

–¿Hablas en serio? –agitó el diario en su cara–. Bonita foto, ¿no te parece? Y ese titular. Impagable. Es gracioso, pero nadie me ha preguntado nada sobre mi compromiso.

–Nuestro compromiso matrimonial ha sido de conocimiento público durante años –al recibir una mirada furiosa, comprendió que había dicho lo equivocado.

–¿Para eso me trajiste aquí? –inquirió–. ¿Tramas con mi padre para asegurarte de que respete nuestro ridículo acuerdo? Quizá lo de anoche se debió a eso. ¿Querías desvirgar a la hija del sultán para que se casara contigo?

Dharr controló su furia ante esas acusaciones, en particular la última, sabiendo que todo se debía a la angustia que sentía.

–Te aseguro que no he tenido nada que ver con esto. Como ya te he dicho, no tengo deseos de casarme, ni ahora ni en el futuro inmediato. Y en lo referente a la noche que pasamos juntos, creo que fue algo mutuo –al igual que inolvidable, a pesar de su culpabilidad.

–Lo siento. Tienes razón. Al menos acerca de lo de anoche. Pero si no fuiste tú quien filtró la información, ¿quién lo hizo?

–No es más que una especulación debido a nuestra aparición juntos en la celebración. Los que deseen que así sea, lo creerán.

–Mi padre, para empezar –arrojó el periódico sobre la mesa–. Cree que un matrimonio entre nosotros sería lo mejor desde la invención de los crucigramas y de las afeitadoras eléctricas. Esto le encantará.

Dharr sopesó las opciones y eligió revelar la suposición a la que había llegado.

–Tu padre podría ser responsable en parte.

–No haría algo así –manifestó con convicción.

–¿Has leído todo el artículo? Han citado palabras de él.

Recogió otra vez el periódico y lo repasó en silencio.

–No puedo creer que caiga tan bajo como para recurrir a la prensa para auspiciar sus propias quimeras.

–Quizá no fue completamente responsable, aunque pareció más bien complacido de ofrecer su bendición.

Una vez más, ella tiró el diario.

—Me siento tentada a decirle lo que pienso.

—Lo entiendo, pero, teniendo en cuenta su estado, tal vez lo mejor sea olvidarlo.

—¿Y crees que la situación se desvanecerá con esa facilidad?

Sabía que no, pero desconocía cómo manejar la situación de forma que complaciera a todos los implicados.

—No sustentaremos ni negaremos la información. Cuando regreses a California, eso servirá como confirmación de que hemos elegido no cumplir el acuerdo —por muchos motivos, ese sería un día que no necesariamente quería que llegara.

Raina se frotó las sienes y bajó la vista.

—Quizá eso sea lo mejor —fue a la ventana y descorrió las cortinas de las puertas que daban a una terraza con vistas a la calle—. ¿Qué sucede ahí abajo?

Dharr se acercó por detrás y vio a una muchedumbre congregada en el perímetro del palacio.

—Creo que son tus admiradores.

—¿Míos?

—Aquí las noticias viajan muy deprisa. Quieren homenajear a la mujer que creen que será su futura reina.

—Pero se equivocan. No estoy hecha de ese material.

—Eres hermosa, Raina. Hija de un sultán. Una candidata perfecta.

De pronto la gente comenzó a señalar hacia la ventana. El sonido de vítores y aplausos felices atravesó las puertas cerradas.

—Maravilloso —musitó ella—. Nos han visto.

–Tal vez deberías responder sus saludos.

Volvió a mirarlo alarmada.

–¿Sola? No puedo hacerlo. Yo no soy como tú. Jamás me he enfrentado a algo así.

–Saldré contigo.

Frunció el ceño.

–Hablas en serio, ¿no?

–Sí. Pero la decisión es tuya.

Raina se encogió de hombros.

–Oh, ¿por qué no? Hasta podría ser divertido. No quiero que nadie piense que soy una esnob.

Dharr alargó la mano y soltó el seguro de bronce para abrir la puerta. En cuanto salieron a la terraza, el gentío soltó un rugido. Apoyando la palma de la mano en la espalda de ella, la guio hasta el final de la terraza. Los guardias de inmediato formaron un escudo protector a lo largo de la acera y las calles.

Al observar su reacción, fue testigo de la transformación de Raina. El sol proyectaba sus facciones en un resplandor radiante y los labios suaves y rosados temblaron cuando sonrió y saludó a la multitud, un retrato de elocuencia y gracia.

Si fuera reina, la adorarían. La venerarían igual que a su madre. La reacción de su pueblo lo llenó de orgullo, como si planeara convertirla en su esposa, no solo en su amante. Eso nunca podría ser. Raina merecía un hombre capaz de dedicarle el corazón y la vida.

La multitud comenzó a entonar una petición para que se besaran. Raina se volvió y lo cautivó con su sonrisa sensual y lo desafió con sus ojos dorados.

Atrapado por el momento, posó los labios en

los de ella en un gesto breve. Sin embargo, bastó para atraer la aprobación de sus súbditos.

Raina logró ocultar bien su sorpresa.

–Lo hemos hecho ya –manifestó por medio de una sonrisa radiante.

–Solo les doy lo que quieren.

–Les haces creer que realmente estamos prometidos –siguió saludando con la mano–. ¿Podemos entrar ya?

–Desde luego.

Después de un último saludo a su pueblo, Dharr siguió a Raina al interior. Una vez allí, la tensión subyacente flotó entre ellos mientras se miraban en el centro de la habitación. Cuando Raina se cobijó en sus brazos, él le reclamó la boca con otro beso. En esa ocasión no pudo considerarse inocente o breve. Solo se separaron fugazmente cuando se quedaron sin aire, para reanudar el beso, esa vez aún más profundo y más ardiente.

La giró y retrocedió hasta apoyarse en la pared, pegándole el cuerpo al suyo para que supiera lo mucho que la deseaba. Ella respondió con un temblor mientras él le desabotonaba la blusa y se la separaba lo suficiente como para bajar la boca por el cuello y posar los labios en el nacimiento de los pechos.

Alzó la cabeza y buscó sus ojos.

–Necesito estar aquí –murmuró mientras pegaba la palma de las manos a sus muslos–. Pero no ahora. Esta noche.

–No puedo esperar. Me volveré loca –suplicó.

La situación empeoró cuando Raina bajó la vista y le bajó la cremallera de los pantalones.

Una y otra vez se dijo que no podía ser, pero ella lo liberó y con las yemas de los dedos jugó con él hasta hacerlo perder el control. Dharr le soltó el cordel de los pantalones y se los bajó hasta los muslos, después hizo lo mismo con los suyos. Cuando estaba a punto de tomarla ahí mismo, una llamada a la puerta los obligó a separarse.

–¡Qué quieres! –gritó Dharr mientras se subía la cremallera y Raina se arreglaba con celeridad la ropa.

–Tengo un mensaje para la princesa, excelencia.

–Adelante –dijo con un tono que indicaba su frustración.

–Perdón, excelencia –se disculpó Abid al entrar, con la vista baja, como si supiera exactamente qué había interrumpido–. Princesa Khalil, su madre desea hablar con usted.

–¿Dónde está el teléfono? –preguntó con cierta inquietud en la voz.

–No está al teléfono.

Dharr vio el pánico en el rostro de Raina a medida que comprendía la realidad de la situación.

–La espera abajo –añadió Abid.

Raina entró en el elegante salón privado y vio a su madre de pie en el centro de la estancia, con los brazos rígidos al costado y en el rostro evidentes signos de desaprobación. A pesar de ello, el aspecto de Carolyn Khalil era inmaculado, desde el pelo rubio recogido hasta el traje pantalón beis.

Le dio un abrazo rápido que no le fue exactamente devuelto.

–¿Qué haces aquí? –fue lo único que logró preguntar debido a la sorpresa de la visita inesperada.

–Reservé un billete en cuanto recibí tu mensaje de que te hallabas aquí. Y yo debería preguntarte qué haces aquí precisamente, aunque no sería muy difícil adivinarlo.

La miró de arriba abajo, como si pudiera ver los efectos que habían labrado el beso y las caricias de Dharr.

Raina cruzó los brazos para ocultar un botón mal abrochado.

–He venido porque papá me necesita. Ha estado enfermo. ¿Es que no te lo han contado?

–Sí. Pero ¿estás segura de que se encuentra enfermo?

Raina no tenía energía para tratar con la habitual amargura de su madre.

–Sí, estoy segura. Y si no me crees, ve a verlo.

–Pretendo hacerlo. Pienso llegar al fondo de la cuestión.

–¿De qué cuestión?

–Estoy decidida a averiguar por qué te pidió realmente que vinieras?

–Ya te lo he dicho –repuso indignada–, está enfermo. Es el único motivo, lo creas o no. Y, con franqueza, no me importa si ya no lo quieres, porque yo sí lo quiero.

Un destello de dolor se manifestó en el rostro de su madre, pero se recuperó casi en el acto.

–Si quieres que crea que tu padre te pidió que vinieras solo por su salud, entonces dime que lo que he oído acerca de tu compromiso con Dharr Halim no es cierto.

–Has visto el artículo en el periódico.

Carolyn le dio vueltas al reloj de pulsera en su esbelta muñeca.

—Me sorprendió en la terminal de Londres para tomar otro vuelo cuando lo vi por la televisión. A punto estuve de perder el vuelo.

—¿Ya ha aparecido en las noticias de todo el mundo?

—Sí, Raina. Dharr Halim es conocido fuera de Azzril. Es atractivo, soltero y de sangre real. El anuncio de su... o debería decir de tu... compromiso, le interesa a una gran parte del mundo. Espero que vayas a decirme que se trata de un malentendido, de lo contrario vas a cometer los mismos errores que yo.

Era un error, pero le irritaba la insistencia de su madre en comparar la vida de todos con la suya propia.

—¿Por qué crees que sería tan gran error, madre? Siempre te has mostrado muy crítica con mi elección de hombres. Si lo analizas, podría tocarme algo peor que un príncipe.

—Cierto, si creyera que lo haces porque tú quieres y no por ceder a la voluntad de tu padre. Sé lo persuasivo que puede ser Idris.

—Yo también. Te convenció de meterte en su cama cuando tenías diecisiete años.

—Exacto. Y las dos sabemos qué sucedió a partir de ahí.

—Cometiste un error enorme y te quedaste embarazada de mí.

Carolyn pareció herida.

—Jamás he dicho que tú fueras un error.

—No con tantas palabras, madre. Pero ha habido ocasiones en que he sentido que te molestó quedarte embarazada y ahora quieres echarle la culpa a papá, lo cual es ridículo, teniendo en cuenta que hacen falta dos para bailar un tango horizontal.

—Eso no es justo, Raina. Yo amaba a tu padre.

—Perfecto. ¿Pero no me consideras lo bastante inteligente como para evitar el mismo error con Dharr?

—Claro que te considero más inteligente que eso. Pero también creo que Dharr Halim es tan carismático como tu padre, y eso es muy difícil de resistir.

Como si no lo supiera.

—Yo no soy tú, mamá. Y Dharr no es papá.

—Solo me preocupa tu bienestar, Raina. Azzril ya no es tu hogar, o el mío. Aquí jamás serás aceptada.

Tuvo ganas de decirle lo que no había visto unos momentos antes, pero se contuvo.

—Escucha, madre, no tiene que preocuparte que lo estropee. Soy una mujer adulta y bastante capaz de tomar mis propias decisiones.

—Espero que decidas con inteligencia, antes de que sea demasiado tarde.

A veces creía que ya podía ser demasiado tarde.

—He de ver a papá ahora.

Carolyn se subió las mangas, como preparándose para una pelea.

—Yo también.

—Perfecto. Te acompañaré a su habitación. Podemos ir juntas.

—No, primero quiero verlo en privado.

—¿Por qué?

—Necesito hablar con él de algunas cosas.

La preocupación la impulsó a tomar a su madre por los hombros.

—Solo si me prometes ser amable con él. No está bien. No necesita más tensión.

—Lo prometo, Raina —le dio un beso en la mejilla y luego retrocedió para recoger su bolso—. Seré amable.

—Te lo recordaré. Está en la primera planta, tercera puerta a la izquierda.

—Gracias, cariño. Y no te muestres tan preocupada. No va a pasar nada. No voy armada.

Aunque había insistido en ver a su madre sola, Dharr se sintió preocupado una hora más tarde cuando se puso a buscarla y descubrió que nadie parecía tener idea de dónde estaba.

Comenzó la búsqueda en los jardines que había detrás del palacio, dirigiéndose hacia el refugio de piedra que le había proporcionado intimidad en más de una ocasión. Siendo una niña, ese había sido el lugar preferido de Raina para esconderse.

Ese día la encontró allí, muy parecida en aspecto a como era en el pasado, solo que más madura y atribulada. Estaba sentada en el banco de piedra que había detrás de la pared de cobre que formaba una barrera ante ojos curiosos.

Ella no reconoció su presencia, ni siquiera cuando se sentó a su lado.

—¿No fue bien con tu madre?

Sin siquiera mirarlo, soltó una risa sarcástica.

—Parece que la noticia de nuestro compromiso ha cruzado el universo. Vio el anuncio en la televisión en Londres.

Dharr lo había descubierto una vez que se había enterado su padre, un hecho que por el momento pensaba ocultarle a Raina.

–Le informaste de que no había verdad en los rumores.

–De hecho, no, no lo hice.

–¿Por qué?

Lo miró.

–Porque estoy harta de que la gente me diga lo que tengo que hacer. Por un lado, a mi padre le encantaría que me casara contigo. Por el otro, mi madre preferiría verme con grilletes antes que tener algo que ver con la realeza. Como siempre, me encuentro atrapada entre las dos personas que más quiero en el mundo. Y no lo aguanto más.

Se acercó más a ella.

–¿Dónde se encuentra tu madre ahora?

–Sigue hablando con mi padre en privado, y eso me preocupa. Espero que tenga el sentido común de ser amable con él. Como haga algo que retrase su recuperación, jamás se lo perdonaré.

–Nunca has terminado de recuperarte de su separación –comentó, sabiendo que ella necesitaba hablar.

–No. Me pregunto si alguna vez lo haré.

–¿Alguna vez le has cuestionado a tu madre su decisión de marcharse de Azzril?

–Oh, sí. Tanto en privado como delante de algunos consejeros durante mis años rebeldes. Pero no estoy solo enfadada con ella. También me encuentro furiosa con mi padre.

–Tengo entendido que ella se marchó sin comunicarle dicha intención.

–No, lo hizo. Y él, simplemente, la dejó ir. Después de marcharnos, ni siquiera trató de hablar con ella. Jamás intentó recuperarla. No luchó por ella.

Dharr entendía por qué Idris habría podido hacer eso. Sabía muy bien lo que era que una mujer te abandonara sin otra cosa que una carta, dejando un abismo que nadie podía llenar.

—Quizá creyó que no habría servido de nada.

—Quizá, pero debería haberlo intentado. Si alguien te importa, lo intentas hasta agotar todas las opciones. No dejas que quien amas se vaya sin haber puesto lo mejor para evitarlo. Los dos son responsables de haber estropeado la vida del otro.

—Y, en algunos sentidos, de haber estropeado la tuya.

Ella alzó el mentón.

—No, la mía no. No los he dejado.

El desafío en su voz le sonó falso a Dharr.

Y aunque deseaba quedarse con ella para ofrecerle más consuelo, tenía que completar varias tareas antes de que terminara el día.

—He de irme. Dentro de dos días, vamos a tener una recepción para un grupo de diplomáticos europeos y la estoy planificando.

—¿Sí? ¿De qué país?

—De un principado muy pequeño llamado Doriana. ¿Has oído hablar de él?

—Sí, pero no sé nada de ese país. La geografía nunca ha sido mi fuerte.

—Se halla situado entre los pirineos, cerca de Francia. El rey es un buen amigo y antiguo compañero de Harvard.

—¿Podré conocerlo? —se le iluminó la expresión.

—Él no va a asistir, ya que su esposa acaba de dar

119

a luz. Pero tú serás mi invitada especial a la recepción.

Le dedicó una sonrisa.

–Sabes que si aparezco, solo servirá para empeorar las cosas. Entonces, todo el mundo pensará que somos pareja.

Le dio un beso en la mejilla.

–Que piensen lo que quieran. No tengo causa alguna para ocultarte.

Se puso de pie y le ofreció la mano, que ella aceptó sin titubeos. Y aunque sabía que no era lo más sensato, no pudo resistir darle un beso, largo y apasionado.

En cuanto sus labios se separaron, Raina sonrió y continuó abrazándolo.

–Gracias por darme algo bonito que recordar. Y por dejar que me desahogara.

–Ha sido un placer. Supongo que nos volveremos a ver esta noche durante la cena.

–¿Y después? –preguntó esperanzada.

Le acarició la mejilla.

–Raina, demasiadas personas saben, o creen saber, lo que hay entre nosotros. Con tu madre ahora en el palacio, lo mejor sería que interrumpiéramos nuestra intimidad.

–Seguro que tienes razón –bajó la vista–, pero fue bonito mientras duró.

–Jamás olvidaré lo que hemos compartido.

–Tampoco yo, y si cambias de parecer, hay algo que necesitas saber sobre mi madre: puede ser completamente ajena a las cosas que suceden bajo sus propias narices.

Capítulo Nueve

Después de una cena algo tensa en la que tuvieron que esquivar un interrogatorio sobre su relación, Dharr dejó a Raina ante la puerta del dormitorio con un beso fugaz e instrucciones de que se reuniera con él en la planta baja en cuanto se hubiera cambiado, para la excursión que le había prometido hasta el lugar donde se levantaría el nuevo museo.

Con celeridad, se puso unos vaqueros y unas zapatillas. No fue tan rápida abrochándose la camisa grande de franela. Como pensamiento de último minuto, recogió los preservativos del cajón donde los había escondido. Tardó diez minutos antes de bajar las escaleras a la carrera de camino a su cita nocturna.

Frenó en seco al encontrar a Dharr en el rellano, también él con unos vaqueros, una sudadera vieja de Harvard de color rojo oscuro y unas botas de senderismo. Saltó los últimos escalones y a punto estuvo de pedirle que subieran al dormitorio.

–Estoy lista.

–Yo también.

Después de darle un beso rápido, la tomó por el codo y la guio a través de un laberinto de pasillos hasta que llegaron a una puerta que daba a varias escaleras descendentes de cemento. Abajo, él introdujo un código, abrió otra puerta pesada y la guio a un garaje subterráneo de cemento que alojaba varios vehículos.

Una vez allí, se encontraron con dos hombres que charlaban en un rincón cerca de la capota de un sedán. Al notar la presencia de Dharr, de inmediato se pusieron firmes en una postura militar. Dharr pidió las llaves del todoterreno. Los hombres casi se pelearon para sacarla del cajetín que había en la pared.

Raina lo siguió a un todoterreno negro y beis aparcado entre otros vehículos. Él le abrió la puerta, rodeó la parte delantera y se sentó ante el volante. En cuestión de momentos, cruzaban el garaje hacia la salida, donde una puerta de acero sólido se alzó como la entrada a una cueva mística para revelarles la noche mágica.

Maniobraron por el largo sendero a una velocidad que Raina decidió que sobrepasaba los límites de seguridad, antes de que Dharr se detuviera junto a la caseta del guardia para dirigirse al centinela allí apostado, explicando poco más que iban a dar un paseo. El hombre no se mostró nada complacido cuando Dharr insistió en que no necesitaban escolta, ni la querían.

Al rato se encontraron avanzando por las calles vacías de Tomar, hasta que llegaron a un punto en que el pavimento daba lugar a la tierra. Luego Dharr detuvo el vehículo, puso el freno de mano y se volvió hacia ella.

Alargó la mano y, sin hablar, dejó deslizarse un mechón de pelo entre sus dedos.

–¿Qué esperamos? –preguntó Raina.

–Antes de que el camino se tornara brusco, quería hacer esto.

Apoyó la palma de la mano en su mandíbula, se inclinó y le dio un beso profundo. Luego lo quebró, frunció el ceño y suspiró, golpeando el volante con la mano.

–Tenemos que volver.

Justo lo que Raina había temido, que cambiara de parecer.

–¿Por qué?

–He vuelto a olvidar algo.

Ella estiró las piernas todo lo que pudo, hurgó en el bolsillo y sacó dos preservativos que exhibió entre los dedos.

–¿Te refieres a esto?

Él sonrió lentamente.

–Entonces, supongo que estamos listos.

–Ni te imaginas cuánto.

Apoyó una mano en el muslo de ella.

–Pero te prometo que lo haré.

–Bien. Y antes de que reemprendamos la marcha, ¿puedes quitar la capota del coche?

–Lo que desees.

Antes de que pudiera decir algo, Dharr bajó del asiento y comenzó a soltar la capota, dejando expuesta la noche negra. Raina alzó la cabeza y le pareció una vista gloriosa, dándose cuenta de que llevaba tanto tiempo en la ciudad que ya había olvidado lo brillantes que podían ser las estrellas. Y aunque por el día el desierto podía ser implacable, por la noche adquiría vida propia, misterioso y seductor, como el hombre cuya compañía anhelaba.

Dharr regresó al asiento del conductor y emprendió la marcha. Subieron por el camino bacheado a través del terreno montañoso, en dirección a un cielo propio. Quince minutos más tarde, se desviaron del camino principal y frenaron ante un claro circular que daba al valle de abajo. Dharr bajó mientras Raina simplemente contemplaba las luces que moteaban la ciudad. Era un espectáculo deslumbrante, igual que su escolta, quien le extendió la mano para ayudarla a bajar.

Para Raina, él formaba parte integral del paisaje... oscuro, desconcertante y algo peligroso. Una seria amenaza para su corazón. Ya le había conquistado una gran parte. Esa noche quizá lo reclamara todo.

Guiados por la luz de una luna casi llena, tomados de la mano, subieron por un camino pedregoso. Aunque hacía más de una década que Raina no iba a ese lugar en particular, no tuvo problema en reconocer las piedras con forma de diamante que apuntaban hacia el cielo y a su derecha, la base de la montaña conocida como Galal, majestuosa, un nombre que le iba a la perfección.

Ebria de libertad por estar allí a solas con él, sabía que cualquier cosa que le pidiera, él intentaría concedérsela. Y ella planeaba devolverle el favor.

–Ven aquí conmigo –le pidió con voz ronca y controlada.

Embriagadora para sus sentidos.

Ella lo siguió a un terraplén por el cual Dharr comenzó a subir. Al llegar a lo alto, una vez más le extendió la mano.

–Debes contemplar esta vista.

–¿Qué hay del otro lado?

—Roca llana que conduce al precipicio.

A Raina no le importaban las alturas siempre y cuando se hallara en un entorno protegido, con la excepción de los aviones. Pero no se sentía muy segura de pie en una roca gastada por el tiempo, donde un movimiento en falso podía lanzarla al vacío.

Al verla titubear, Dharr dijo:

—Es seguro. No te dejaré caer.

Oh, pero ya lo había hecho... por él.

Se aferró a su mano y permitió que la subiera. La hizo girar de cara al valle, rodeándola con firmeza con los brazos y apoyándole el mentón en la coronilla de la cabeza.

—Este es el lugar al que vengo cuando quiero escaparme. Contemplo la ciudad que se extiende ante mí, sabiendo que sirve como recordatorio de por qué acepto mis responsabilidades sin cuestionármelas. He jurado verla prosperar.

—Azzril es una gran parte de ti.

—Y de ti, Raina.

Ella movió la cabeza.

—Ya no. Guarda demasiados recuerdos malos.

—¿Más que buenos?

No podía afirmar eso.

—Supongo que tengo unos cuantos buenos.

—Con la excepción del desacuerdo de tus padres.

Reflexionó unos momentos.

—¿Sabes?, solo los oi pelearse una vez, no mucho antes de que me fuera con mi madre. Tal vez por eso todo representó una conmoción. Quizá no querían que supiera lo desdichados que eran, aunque únicamente soy capaz de recordar el amor que se profesaban. No sé qué cambió, pero supongo que nunca lo sabré.

Él la abrazó más fuerte y susurró:

—Esta noche crearemos nuestros propios recuerdos. Buenos, que reemplacen a los malos. Empezando por ahora.

Sin moverse de detrás de ella, comenzó a soltarle los botones de la camisa hasta que la separó por completo y dejó que la brisa fluyera sobre sus pechos desnudos, poniéndole la piel de gallina. Pero él se la calentó con las manos, jugando con gentileza pero minuciosidad, hasta que quedó jadeante por la necesidad.

Pero entonces él bajó las manos.

—Espera aquí —susurró.

Raina no tenía intención de irse a ninguna parte sin él. Se sentó en la roca opuesta al paisaje para observar a Dharr ir al todoterreno. Sacó una manta y regresó a su lado, extendiendo el tejido multicolor sobre la superficie de piedra.

Aceptó la mano que le ofrecía y la envolvió en sus brazos, pegándola al sólido muro de su pecho. La mantuvo así un largo rato antes de dar un paso atrás, sacarle por completo la camisa por los hombros y luego hacer lo mismo con su sudadera. Descartaron el resto de las prendas y las distribuyeron sobre la manta para incrementar la amortiguación contra el suelo duro. Se abrazaron y con las manos se exploraron en sitios que ya habían tocado con anterioridad, aunque la intimidad adquirió una cualidad onírica.

Mentalmente, Raina sabía que eran dos amantes perfilados contra la noche, insignificantes comparados con el entorno imponente, pero importantes el uno para el otro, al menos por el momento. Archivó esa imagen, convencida de que algún día la plasmaría sobre un lienzo, inmortalizándolos a los dos capturados en ese preciado instante.

Dharr la tumbó con gentileza sobre la manta y la besó de la misma manera, un beso sentido que al rato se tornó evocador, excitante. Trasladó los labios calientes a su cuello e inició un viaje descendente hasta los pechos, introduciéndose un pezón en la boca para luego hacer lo mismo con el otro. El viaje continuó y los labios flotaron sobre su estómago antes de posarse en los muslos, creándole una andanada de sensaciones apasionantes.

Ella le metió los dedos en el cabello tupido mientras Dharr la animaba a dejarse llevar con el empleo de la lengua, los labios y las manos. Las estrellas que tenía encima se tornaron indistintas y el viento aumentó. El tiempo pareció quedar suspendido mientras su cuerpo temblaba con el clímax inminente hasta que ya no pudo hacer otra cosa que ceder a su fuerza. Se sintió débil, sin huesos, implacable el suelo debajo de ella, aunque no le importó. Solo le importaba él.

Decidida a demostrárselo, después de que Dharr subiera por su cuerpo con más besos, lo empujó hasta situarlo boca arriba y tomó el mismo camino descendente por el torso que él había tomado con ella, siguiendo el rastro de vello oscuro con los labios hasta llegar al objetivo. Él emitió un siseo agudo cuando se lo llevó a la boca. Siguió una palabra murmurada de placer, luego el nombre de Raina flotando en la brisa, con una reverencia que le causó una profunda nostalgia.

Se mantuvo firme en sus movimientos, incluso cuando le pidió que parara porque ya no era capaz de aguantar. No se detuvo hasta que se lo suplicó y luego le dijo lo mucho que necesitaba estar dentro de ella. Ya.

Sonrió mientras sacaba un preservativo y se lo ponía, y él le devolvió la sonrisa cuando lo montó a horcajadas y lo guio a su interior. Pero la sonrisa desapareció cuando ella estableció el ritmo, al principio despacio; luego frenético. Ver cómo la cara de él se ponía tensa y los ojos se le nublaban, fue mágico y, decididamente, poderoso, ya que le indicaba que podía llevarlo al lugar exacto al que la había llevado él. Dharr le aferró las caderas cuando el cuerpo se elevó con un orgasmo propio, lanzando a Raina otra vez al precipicio. Se derrumbó sobre el torso de él y jadeó en busca de aire al tiempo que trataba de controlar las emociones desbocadas.

¿Cómo podía desearlo tanto? ¿Cómo podía estar tan completamente consumida por un hombre como para no importarle si algún día regresaba a la realidad? O a California, de hecho.

A pesar de la necesidad que tenía de ser cautelosa, ansiaba estar cerca del fuego que Dharr constantemente creaba en ella. Aunque solo fuera por esa noche, fingiría que sería para siempre.

Dharr siempre había sido pragmático, pero con Raina a su lado, iluminada por las primeras luces del amanecer, se sentía capaz de escribir un soneto.

En ese momento se hallaban sentados en el

capó del todoterreno, cubiertos con la manta. Habían charlado durante horas, luego habían vuelto a acariciarse, culminando un acto sexual tan intenso como el primero. Y entre tanto, se habían dedicado a conocerse, revelando cosas que no le habían contado a ninguna otra persona.

Pero no vio necesidad de abrir viejas heridas. Eligió atesorar ese instante sin hablar de errores pasados, comprendiendo que tal vez esos fueran sus últimos momentos.

—Creo que deberíamos irnos —indicó ella, y tanto su tono como sus ojos reflejaban un gran pesar.

—Sí, deberíamos.

Sin embargo, ninguno de los dos se alejó para vestirse; de hecho, se acercaron y se dieron un beso que hizo que Dharr se cuestionara la necesidad de regresar a sus responsabilidades.

—En serio, hemos de irnos —susurró Raina sobre su boca.

A regañadientes, él se apartó.

—Si no queda otra alternativa —gimió.

—No queda.

Recogieron la ropa y, por insistencia de Raina, se vistieron en lados opuestos del vehículo. Dharr supo que era una buena idea, teniendo en cuenta que se hallaba a punto de hacerle otra vez el amor a pesar de los deberes que lo esperaban.

Regresaron al palacio sin hablar, con los dedos entrelazados y apoyados en la pierna de Dharr. En el garaje, dejaron atrás a los guardias, quienes evitaron mirarlos como si ambos fueran invisibles. Al entrar otra vez en el palacio, Dharr mantuvo la distancia hasta que llegaron a la escalera que conducía a la primera planta. Carente de contención, le tomó la mano a Raina y la envolvió en sus brazos antes de que pudiera subir el primer escalón.

Volvió a besarla, le acarició el pelo y la abrazó como si no pudiera tener suficiente de ella. Fue Raina quien demostró tener el mayor aplomo al decir:

—Alguien podría vernos.

—No me importa —bajó los labios a su garganta.

Ella le enmarcó el rostro entre las manos y lo obligó a mirarla.

—Eso lo dices ahora, pero te importaría si mi padre fuera quien bajara por las escaleras. Se levanta temprano.

Se pegó a ella.

—Y yo también.

—Y también eres incorregible —retrocedió de su lado y subió los dos primeros escalones sin mirar atrás—. Te veré esta noche —al ver que iba a seguirla, alzó un dedo—. Quédate ahí hasta que haya sacado la suficiente ventaja.

Sin previo aviso, giró y subió a la carrera; Dharr se quedó mirándola hasta que desapareció.

Después de darse una ducha y meterse en la cama para dormir unas horas, alguien llamó a la puerta. Como Badya jamás aparecía a esa hora de la mañana, sospechaba de quién podía tratarse.

Al tiempo que apoyaba la mano en el picaporte, dijo:

—Eres un hombre pertinaz —pero del otro lado no encontró al jeque, sino a su madre.

Raina se cerró la bata y se mordió el labio.

–¿Qué haces levantada tan pronto, mamá?

–He estado con tu padre –sin aguardar una invitación, entró en la habitación y se giró–. ¿Dónde estuviste anoche?

Lo que le faltaba.

–¿Cómo sabes que no estuve aquí?

–Porque subí a darte las buenas noches y no pude encontrarte por ninguna parte.

–Fui a dar un paseo.

–¿Con Dharr?

–Sí. Lamento haberme saltado el toque de queda.

Carolyn cruzó los brazos con la desaprobación de una madre.

–¿Qué es lo que hay de verdad entre vosotros dos?

Ridículo y típico.

–Mamá, ya te lo hemos dicho los dos durante la cena; lo que pueda o no haber entre nosotros, solo nos concierne a nosotros.

–Me preocupas, Raina. Me preocupa que te estés metiendo muy profundamente.

Tuvo que reconocer que eran preocupaciones con sentido.

–Soy lo bastante madura como para llevarlo, madre.

–No dejas de decirme eso, pero luego desapareces en mitad de la noche como una adolescente, con un hombre que bien podría ser un desconocido.

–No es un desconocido. Lo conozco desde hace años.

–¿Y cuán bien lo conoces ahora?

Estaba demasiado cansada como para seguir

dando vueltas en torno a la verdad. Con el último vestigio de autocontrol, dijo:

–Somos amantes, ¿estás contenta ahora?

Si la revelación la conmocionó, Carolyn lo ocultó bien.

–¿Vas a casarte con él?

–Ni siquiera se me ha pasado por la cabeza –mintió.

–Pero estás enamorada de él, ¿verdad?

–¿Qué te hace pensar eso?

–Como se suele decir, lo tienes escrito en la cara.

Raina se dio la vuelta y comenzó a arreglar las pequeñas cosas que tenía en el tocador.

Su madre se acercó por detrás y le apoyó una mano en el hombro.

–He visto esa misma expresión en mi cara. Ardes por él.

¿Arder? Miró su reflejo en el espejo.

Se quitó la mano de su madre y la miró.

–De acuerdo, reconozco que albergo sentimientos por él. Pero eso no importa. Desde el principio acordamos que esto iba a ser algo temporal. Ninguno de los dos quiere un compromiso –qué falso sonaba.

La expresión de su madre mostró simpatía.

–Oh, cariño, lo siento. Odio ver cómo se te rompe el corazón.

–Mi corazón sigue intacto –aunque no podía garantizar durante cuánto tiempo.

Carolyn plantó ambas manos en las caderas.

–Debería darle una buena reprimenda por engañarte. Debería contárselo a tu padre para que lo hiciera él.

A Raina le sonaron alarmas.

–No le digas nada a papá. No necesita saberlo. Y no puedes culpar a Dharr por esto. Los dos lo hicimos juntos.

–Pero eres tú quien se ha enamorado.

Demasiado agotada para continuar, dijo:

–Madre, necesito dormir un poco antes de la recepción de esta noche. ¿Podemos hablarlo luego? –o nunca.

Le acarició la mejilla a su hija.

–De acuerdo. Duerme. Si quieres hablar, ve a buscarme.

Cuando su madre giró hacia la puerta, notó algo muy raro en una siempre pulcra y cuidadosa Carolyn Khalil. Se le veía la etiqueta de los pantalones, al igual que las costuras. Se los había puesto del revés.

–Una cosa más, mamá.

–¿Qué? –se volvió con la mano en el picaporte.

–¿Estabas con papá o «estabas» con papá?

Dejó caer la mano al costado.

–No entiendo tu pregunta.

Raina indicó los pantalones de su madre.

–Llevas la misma ropa que tenías anoche y, si no recuerdo mal, durante la cena la tenías bien puesta. Es evidente que te la has quitado en algún momento.

Bajó la vista, después la alzó otra vez.

–Yo… eh…

–¿Papá y tú celebrasteis un coito postseparación?

–Seguimos casados, Raina.

Cierto, pero no quería pensar en sus propios padres disfrutando del sexo.

133

–¿Te has detenido a pensar en su dolencia cardíaca?

–No tiene ninguna dolencia cardíaca, Raina. Tiene una hernia de hiato. La ha tenido durante años. Si no toma su medicina le duele el pecho, en especial cuando insiste en ingerir esa comida picante. Todas las pruebas han sido normales.

Furiosa, cerró los puños a los costados.

–De modo que fue un ardid para traerme aquí. Y de paso te consiguió también a ti.

–No era su intención. Los médicos estaban preocupados de que pudiera ser algo más serio, y tuvo miedo de no volver a verte. Por favor, no lo culpes.

Raina casi se quedó muda.

–Madre, los dos me matáis. Durante años prácticamente ni os habéis hablado, y ahora os unís contra mí. ¿Qué sucede?

Durante un instante, su madre se mostró indecisa.

–Cariño, tu padre y yo queríamos decírtelo juntos, pero supongo que este es tan buen momento como cualquier otro.

–¿De qué se trata, mamá?

–Me voy a quedar aquí. Hemos decidido volver a intentarlo. Nos hemos dado cuenta de que nos amamos mucho.

¿Durante cuántos años había anhelado oír eso? ¿Cuántas veces había rezado para escuchar eso mismo? Pero en ese momento, solo experimentó resentimiento y más abandono.

–Es estupendo, madre.

Carolyn dio la impresión de que podría ponerse a llorar, algo que rara vez hacía.

–Pensé que te sentirías feliz.

Raina cambió la culpabilidad de haber sido tan dura por un poco de sinceridad.

–Hace once años, me habría encantado. Ahora únicamente puedo pensar en las noches en las que me quedé despierta queriendo ir a casa y preguntándome por qué os habíais separado papá y tú. ¿Han cambiado esas causas?

–Cariño, yo me marché porque sabía lo mucho que tu padre amaba su país, incluso después de que lo exiliaran por casarse conmigo. Durante años lo vi sufriendo por eso. Pensé que si volvía a los Estados Unidos, él trataría de regresar, lo que no hizo. Y hay algo más.

–¿Qué?

–Después de nacer tú, ya no podía quedarme embarazada. Yo quería darle un hijo, un heredero, y eso no fue posible. Pero ayer él me dijo que nunca quiso esas cosas, que solo me quería a mí. El orgullo nos ha mantenido separados y el amor nos ha vuelto a reunir, esta vez para siempre.

–Es muy poético, madre –sintió que las lágrimas afloraban a sus ojos, en una mezcla de júbilo y dolor. Se alegraba de que sus padres se hubieran reconciliado, pero en ese momento iba a tener que regresar sola a California. Además, nunca conocería esa clase de compromiso con el hombre al que amaba. Sintiéndose arrepentida, la abrazó y se apartó antes de empezar a sollozar–. Soy muy feliz por ti, mamá. De verdad. Pero voy a echarte de menos.

–Tu padre y yo desearíamos que consideraras la posibilidad de quedarte. Si no de forma permanente, al menos un tiempo.

Quedarse para tener que ver a Dharr, sabiendo que jamás la amaría. No podía. Al día siguiente por la mañana haría planes para marcharse.

–Estaré bien. Tengo un buen trabajo. Y ahora que sé que tú vas a cuidar de papá, necesito ir a casa.

–¿Y no te quedarás unos días más? –preguntó Carolyn.

–Lo pensaré. Pero ahora mismo, necesito dormir un poco.

–Muy bien, cariño. Te veré esta noche.

Después de escoltar a su madre fuera, trató de acostarse, pero la volvió a detener una llamada a la puerta. Si creyera que podía ser Dharr, correría; pero como no lo consideraba posible, fue pausadamente.

Se encontró con una mujer desconocida de pelo negro corto, excesivo maquillaje y una bolsa grande y negra colgada del hombro.

–Princesa Khalil, especialmente elegido para usted.

Aceptó la bolsa y el sobre que le ofreció, le dio las gracias y cuando se marchó, colgó la percha de la parte superior de la puerta. Abrió el sobre y leyó el mensaje manuscrito.

Un regalo especial para una mujer especial. Un vestido digno de una reina. Llévalo esta noche para mí.

Dharr

¿Para una reina? No podía querer dar a entender… No, no interpretaría más de lo que había… un gesto considerado de un hombre considerado.

Abrió la bolsa y vio el vestido largo sin mangas

de satén blanco, su cuello alto acentuado por una trenza de hilo de oro, sería considerado sencillo y elegante, pero magnífico.

Se lo pegó al cuerpo y se observó en el espejo. Le encantó. Esa noche se lo pondría para él y esperó que él se ocupara de quitárselo. Quizá debería quedarse unos días más.

Cuando al fin se acostó para descansar un poco, no pudo contener el entusiasmo y el destello de esperanza. Quizá esa noche representara un punto de inflexión en su relación con Dharr. Quizá esa noche, cuando estuvieran a solas, encontrara el valor para decirle lo que sentía de verdad. Y tal vez, solo tal vez, él reconociera que también albergaba sentimientos por ella.

Capítulo Diez

Raina llamó a sus padres al vestíbulo y se preparó para el encontronazo.

—Quería comunicaros a los dos que me marcho esta noche.

—¿Esta noche? —el rostro de su padre reflejó una furia inconfundible—. ¿Es que has perdido el juicio?

En más de una ocasión, por Dharr, pero en ese momento tenía control pleno sobre sus funciones mentales.

—He de volver al trabajo. Si me marcho ahora, me recuperaré del vuelo el martes como mucho —aunque no podría recobrarse del tiempo limitado que había pasado con él.

—Eso es una tontería, Raina —dijo su madre—. Esperar un día más no va a importar tanto. Apenas te hemos visto desde mi llegada.

—Creo que eso se debe a que papá y tú habéis pasado todo el tiempo juntos, eso es todo.

—Si te quedas, te prometemos que te prestaremos más atención.

—No soy una niña, madre. No necesito vuestra atención exclusiva —les ofreció una sonrisa insegura—. Los dos necesitáis recuperar todo el tiempo perdido. Y de verdad que me hace feliz que hayáis decidido que vuestro matrimonio funcione —no podía cambiar lo que había sido, pero podía aprender a aceptar lo que sería... la felicidad de sus padres.

El júbilo de su madre le iluminó la expresión.

–Nos alegra tanto que te haga feliz, cariño. Pero sigo sin saber cómo vas a conseguir un vuelo en tan poco tiempo. Por no mencionar que tendrás que conducir kilómetros hasta el aeropuerto comercial más cercano.

–Ya me he ocupado de eso –explicó–. El señor Raneer me ha dicho que se espera la llegada de los reyes en la próxima hora. También me ha dicho que puedo usar el avión privado. Lo único que tiene que hacer es encargarse de que otro piloto me lleve a California.

Su padre no se mostró contento.

–Parece que has tomado una decisión y que no podremos hacerte cambiar de parecer.

–No, papá, no podéis. Creo que es lo mejor para todos los involucrados –en especial para Dharr.

Se había mostrado tan obstinado en recalcarle al primer ministro que su compromiso era solo un rumor, que daba la impresión de que no quedaba esperanza alguna para una relación permanente. Lo irónico radicaba en que en todo momento eso era lo que ella había querido... nada permanente. Pero en ese momento quería mucho más. Si no podía contar con cierto compromiso en el futuro, entonces entre ellos no existía ningún futuro.

Su madre la estudió con ojos perspicaces.

–¿Le has mencionado tus planes al jeque?

–Hablaré con él antes de irme –momento que temía.

–Entonces, ¿he de suponer que no hay planes de boda? –inquirió su padre.

A pesar de lo que odiaba destruir sus deseos, no podía ofrecerle falsas esperanzas.

–No, ninguno. Nunca los hubo. Dharr y yo comenzamos como amigos y como amigos nos separaremos –rezó para que así fuera–. Estoy segura de que encontrará a alguien que sea una buena reina –y ese pensamiento la enfurecía y entristecía al mismo tiempo. Lista para concluir la despedida, abrazó a su madre y luego a su padre–. Cuidaos los dos. Quizá os vea pronto. Podríais tener una segunda luna de miel en California.

Odió la tristeza que captó en los ojos de su padre, y más ser ella la causante.

–Buena suerte, mi *záhra*.

–Cuídate, cariño. Llama cuando llegues a California.

–Lo haré.

En la siguiente hora, Dharr tuvo que desempeñar el papel de perfecto anfitrión y contener el impulso de ir a buscar a Raina, hasta que ya no pudo más. Observó la estancia llena de invitados, pero no la vio por ninguna parte.

Con discreción, llamó a Raneer para hablar aparte con él.

–¿Tienes alguna noticia de la llegada de mis padres?

–Sí, aterrizarán en la próxima media hora. Esperan hacer acto de presencia antes de que los invitados comiencen a marcharse.

–Bien. ¿Has visto a la princesa?

–No, excelencia. Pero he hablado con ella.

–Lo he visto. ¿Sobre qué?

–Me hizo una petición.

–¿Cuál?

–El uso del avión para regresar a los Estados Unidos.

Dharr intentó sonar tan indiferente como le fue posible, aunque no creyó tener éxito en ocultar su preocupación.

–¿Mencionó cuándo iba a irse?

Abid se pasó un dedo por el cuello.

–Afirma que debe irse de inmediato. Esta noche.

La preocupación de Dharr fue en aumento.

–¿Se ha producido alguna emergencia?

–Ninguna que yo conozca.

–¿Dónde se encuentra en este momento?

–Por lo que sé, en sus aposentos haciendo el equipaje.

Dharr se abrió paso entre los invitados, disculpándose a medida que avanzaba. Al subir las escaleras, por su mente se cruzaron mil preguntas. ¿Por qué se marchaba en ese momento? ¿Tenía él parte de responsabilidad en la decisión tomada? ¿Pensaba irse sin despedirse?

Quería respuestas. Ya.

Sin molestarse en llamar, irrumpió en la habitación y la encontró sentada en el borde de la cama, colocando su ropa en la maleta.

Se quitó el *kaffiyeh* de la cabeza y lo arrojó sobre la mesilla del rincón.

–¿Qué haces?

–Considero que eso es obvio –repuso sin detenerse–. Me preparo para marcharme.

–¿Por qué ahora?

Después de cerrar la cremallera de la bolsa, se puso de pie.

–Tengo que volver a mi trabajo. Además, aquí ya no se me necesita.

Si supiera cuánto la necesitaba él. Si tuviera la fortaleza para decírselo.

–¿Y tu padre? ¿Ya no te preocupa su salud?

–Parece que su problema es estomacal, no cardíaco. Mi madre me lo informó esta mañana, al igual que el hecho de que piensa quedarse y darle otra oportunidad al matrimonio –emitió una risa cáustica–. Imagínatelo. Después de once años, van a continuar como si no hubiera pasado nada.

–Habría imaginado que eso te complacería.

–En cierto sentido, sí; en otro, me irrita pensar en todo el tiempo que han desperdiciado. Pero poco importa lo que yo piense. Mi madre se queda para cuidar de él y yo tengo libertad de volver a California.

Deseaba su libertad, no a él... aunque era algo que había sabido en todo momento.

Las defensas de Dharr se alzaron de forma automática para proteger sus emociones.

–Al parecer, ya has tomado una decisión.

–Sí, y te agradezco que me permitieras lucir el vestido. Lo he colgado en el armario. Y te he dejado la lámpara, un pequeño obsequio para que me recuerdes.

No iba a necesitar ningún recordatorio. Tenía su recuerdo grabado de forma indeleble en el alma.

–No tienes que devolvérmelo. Es tuyo. A mí no me sirve.

–Te lo agradezco, pero estoy segura de que encontrarás a alguien más que lo lucirá mejor que yo. Una reina de verdad.

Jamás encontraría a alguien que pudiera compararse con ella. Ni una mejor reina. Ni una mejor amante. Ni una mejor compañera de vida.

Raina extrajo un sobre de la mesilla y se lo entregó.

–Toma. He escrito unas pocas cosas que quiero que sepas. Si te apetece, puedes leerlo ahora.

Otra carta, una mujer diferente, la repetición de la historia.

–La leeré cuando te hayas ido. He de regresar junto a mis invitados –la decepción que vio en sus ojos a punto estuvo de hacer que cediera.

–Bien. Como te apetezca –el sonido agudo del teléfono junto a la cama la sobresaltó. Levantó el auricular–. ¿Sí? –un momento de silencio–. Estupendo. Bajaré en unos minutos –colgó y le dijo–: Tus padres están a punto de aterrizar, así que aprovecharé el coche que los va a recoger para ir a la pista.

–Puede pasar cierto tiempo hasta que preparen el avión para un nuevo despegue.

–No me importa la espera pero, primero, voy a despedirme de Badya, luego me iré.

–¿No te preocupa viajar sola?

–Estoy segura de que no será un vuelo tan placentero como el que me trajo aquí –estuvo a punto de sonreír–, pero ya no me da miedo volar. Gracias a ti.

Dharr experimentó un súbito aguijonazo de desesperación.

–¿No hay nada que pueda decir para convencerte de que te quedes?

Titubeó un instante antes de responder:

–Evidentemente, no. Pero hay algo que puedes hacer por mí. Darme un beso de despedida.

Quiso negárselo, mantener la fachada de indiferencia. Pero cuando la tuvo en brazos, volvió a estar perdido. Le tocó los labios con los suyos para memorizar el sabor, el suave calor de la boca, sabiendo que esos recuerdos le durarían una vida.

Raina fue la primera en apartarse y se pasó la correa de la bolsa al hombro.

Dharr no quería que se fuera con palabras airadas.

–Echaré de menos tu compañía.

–Si alguna vez vas por California, llama. Me encantará mostrarte las playas –con la cabeza indicó el cuadro encima de la chimenea–. Si algunas vez sientes la necesidad de desprenderte de esa obra maestra, piensa en mí, ¿de acuerdo?

Pensaría en ella a menudo. Cada día. Cada noche.

–¿Regresarás en el futuro próximo?

–Puede que algún día.

Y quizá algún día él la olvidara, aunque no le parecía probable. Pensó en manifestar sus sentimientos, decirle que quería que se quedara, no unos días, sino para siempre. Pero si guardaba silencio, al menos no tendría que oír que ella quería ser libre.

Volvió a tocarle el rostro.

–Que la paz sea contigo, Raina.

–Y contigo, Dharr Halim.

Entonces salió por la puerta y lo dejó.

No disponía de tiempo para pensar en lo que podría haber sido. En un rato, iba a tener que bajar para dar la bienvenida a sus padres. Mientras tanto, debía regresar junto a los invitados.

No obstante, necesitaba unos instantes para recuperarse del golpe. Se dejó caer en el sillón junto a la ventana sin dejar de mirar el sobre que sostenía en las manos.

Incapaz de soslayar su necesidad de saber, lo abrió y sacó el papel.

Querido Dharr:

Jamás se me ha dado muy bien expresar verbalmente mis sentimientos, salvo a través de mi arte, pero como no puedo hacerte un dibujo, he decidido escribirte lo que pienso.

La decisión de mis padres ha sido solo una parte del motivo por el que necesitaba irme. El otro tiene que ver contigo. Jamás pretendí sentir algo por ti. Nunca planeé hacer el amor contigo. Y, desde luego, jamás planifiqué enamorarme de ti.

Pero te amo, Dharr. Desearía saber quién te causó tanto dolor como para que abandonaras el amor. Ojalá yo pudiera ser esa mujer que te cure. Si lees esto y todavía me dejas ir, sabré que no hay esperanza para nosotros. Como ya he dicho, si amas a alguien, luchas con todo lo que tienes para retenerlo. Qué mejor prueba de un verdadero compromiso.

Sin importar lo que decidas hacer con este conocimiento, siempre te amaré.

Raina.

Releyó la carta, absorbiendo las palabras, y de su corazón emanó un dolor profundo. Le planteaba la prueba definitiva para recuperarla, para emprender la batalla de la reconquista. Atravesaría los fuegos del infierno para lograrlo.

Raina miraba por la ventanilla del coche con los ojos obnubilados por unas lágrimas que le costaba contener. Cuando estuviera sola en el avión, podría dar rienda suelta al llanto.

El sol empezaba a ponerse sobre las montañas, bañando el terreno de dorado y recordándole la noche pasada en brazos de Dharr.

Durante un instante, pensó que habían entrado en una tormenta de polvo, luego vio el vehículo que se situaba al lado del sedán y oyó la bocina. Se irguió y reconoció al conductor.

¿Qué hacía Dharr ahí?

El coche se detuvo y él abrió la puerta.

—Ven conmigo —le dijo mientras le aferraba la mano y la sacaba del asiento.

Permaneció en silencio aturdido mientras él arrojaba la bolsa al asiento trasero del todoterreno y le decía al chófer que fuera a recoger a sus padres y les informara de que se demoraría de forma indefinida.

Abrió la puerta del todoterreno y le dijo:

—Sube.

Raina obedeció mientras él ocupaba otra vez su sitio ante el volante y arrancaba. Giró en redondo y dejó una estela de polvo a su paso.

—Dharr, el aeropuerto está en la otra dirección.

—Lo sé —repuso sin quitar la vista del camino.

—¿Adónde me llevas?

Seguía sin mirarla.

—Ya lo verás.

No tardó mucho en deducir adónde iban al ver

que él iniciaba la subida por la montaña. Llegaron a Almase en tiempo récord. A pesar de lo que su corazón anhelaba pensar, Raina no se iba a permitir tener esperanzas infundadas.

Dharr rodeó el coche con celeridad, le abrió la puerta y una vez más la condujo al sitio donde habían hecho el amor. La hizo girar hacia el valle, abrazándola por detrás.

–Azzril es parte de ti, Raina. Tu lugar está aquí. Es tu verdadero hogar.

–A veces pienso que ya no tengo un hogar.

Le dio la vuelta para que lo mirara y apoyó los brazos en sus hombros.

–Aquí tienes un hogar, conmigo.

–¿Contigo? –la esperanza se fue abriendo paso hacia su corazón.

–Sí. Debes quedarte.

–¿Por qué?

–Porque ahora también eres parte de mí, igual que yo lo soy de ti. Los dos lamentaríamos destruir ese vínculo.

Su esperanza se fortaleció, pero aún se negaba a creer.

–Dharr, no estoy muy segura de lo que dices.

Titubeó un momento, y después de observar el valle, la miró.

–Lo que diga ahora, no lo repetiré. Hubo una mujer hace mucho tiempo, cuando estudiaba en Harvard.

–¿Elizabeth?

–Sí. Yo era joven y ella era distinta de cualquier mujer que hubiera conocido. Los dos éramos diferentes. Asimismo, ella fue mi primera amante real. No pudo aceptar mi cultura ni mi responsabili-

147

dad. Solo quería su libertad. Eso me dijo en una carta antes de marcharse sin decir adiós.

—Y yo hice lo mismo.

—No, tú te despediste, y también dijiste algo que ella jamás mencionó, que me amas.

—Te amo, pero sigo preocupada, porque da la impresión de que no la has superado.

—Supongo que durante diez años he lamentado esa pérdida, protegiéndome del dolor. Ahora comprendo que fue la edad lo que me hizo sentir tanto esa pérdida. Que perderla no fue una pérdida tan grande, después de todo. Sin embargo, si te pierdo a ti, sería una pérdida mayor que cualquier cosa que haya experimentado jamás, porque he llegado a reconocer que el amor que siento por ti es el amor de un hombre, no el de un muchacho, por una mujer notable. Ahora comprendo que, simplemente, te estaba esperando.

Raina contuvo un jadeo.

—¿Me amas? ¿Estás seguro?

Con gentileza le enmarcó la cara con sus manos fuertes.

—En mi vida, ha habido pocas cosas de las que haya estado tan seguro. Si lo deseas, me olvidaré de mis responsabilidades y posición. Abandonaré todo por ti. Te seguiré adonde tú desees, mientras pueda estar contigo.

Aunque las sombras jugaban sobre sus facciones, podía ver la sinceridad en sus ojos y el amor que había estado buscando.

—No tienes que abandonar nada, ni yo tampoco. Tienes razón, Azzril es mi hogar. Y como reza el dicho, el hogar está donde está el corazón, y el mío está decididamente contigo.

–Entonces, ¿te quedarás?

Le rodeó la cintura con los brazos y sonrió.

–Sí. ¿Eso significa que vas a retenerme?

–Espero que seas mi esposa.

Rio con voz entrecortada.

–¿Te refieres a aceptar ese tonto contrato de matrimonio? ¿Dónde tengo que firmar?

–No necesitas firmar nada que no sea un documento oficial que demuestre nuestro matrimonio. Lo que nos unirá será el amor que sentimos el uno por el otro, nada más.

–Me apunto a eso. ¿Sigue en pie la oferta de enseñar arte?

–No.

Raina no quiso que ese fuera el primer problema que surgiera entre ellos.

–He trabajado casi toda mi vida, Dharr. No pretendo estar sentada en el palacio planificando acontecimientos sociales las veinticuatro horas de cada día.

–Ni yo quiero que lo hagas. Quiero que seas la directora del programa infantil del museo. Si todavía deseas enseñar, eso dependerá de ti.

Enterró la cara en su hombro y dejó que las lágrimas le cayeran por las mejillas. Lágrimas de júbilo no contenidas, de amor sin barreras. Él se las besó y luego le besó los labios con profunda ternura. Cuando al fin se separaron, le regaló otra sonrisa.

–Serás una reina adorada.

Poniéndose de puntillas, le dio un beso en la frente, en las mejillas, luego en la boca.

–Ahora mismo, lo único que quiero ser es tu amante adorada, pero supongo que no tenemos tiempo, ya que debes volver junto a tus invitados. Y yo he de decirles a mis padres que me quedo para siempre.

Comenzó a soltarle los botones de la blusa.

–Llegaremos elegantemente tarde.

Raina le devolvió el favor ocupándose de los botones de su camisa.

–¿Qué van a pensar nuestros padres?

–Estarán agradecidos. Porque cuando regresemos esta noche, estaré escoltando a mi futura esposa.

Raina había sido una novia hermosa. Aunque ya habían pasado varias horas desde la boda, Dharr todavía recordaba la visión de ella caminando por el pasillo del brazo de su padre.

En ese momento, se hallaba en el dormitorio que compartía con su esposa, admirando el cuadro que colgaba sobre la chimenea… un hombre y una mujer perfilados contra la noche del desierto, con las luces de la ciudad de fondo… reemplazando el desnudo que había vendido para donar el dinero al programa infantil. Raina había completado la obra maestra en menos de un mes, mientras se llevaban a cabo los planes para la boda. Y Dharr no había podido ganar la apuesta por una semana, aunque no le importaba. Para él, los tres amigos de Harvard habían ganado.

La celebración continuaba en el exterior del palacio, pero Dharr y Raina se habían excusado temprano. Durante la última hora, habían recuperado el tiempo perdido debido a los diversos compromisos y a la determinación de sus madres de mantenerlos separados hasta la boda. Sin embargo, habían logrado escabullirse unas pocas ocasiones en mitad de la noche para regresar a su lugar favorito a explorarse… mutuamente.

–¿Vas a volver a la cama? De verdad necesito un buen hombre desnudo para que me abrigue.

Dharr se volvió y vio a Raina tendida en la cama en una postura provocativa, desnuda, una visión difícil de soslayar. Pero miró el reloj.

–A pesar de lo mucho que odio la idea de no volver a la cama, en diez minutos tenemos que hacer una aparición en la terraza.

La mirada dorada recorrió el cuerpo igualmente desnudo.

–Te desafío a salir así –cuando él se dirigió hacia los ventanales, saltó disparada de la cama–. Dharr, no hablo en serio.

Él la miró y rio.

–Algún día aprenderás a no desafiarme a menos que pretendas realizar lo dicho.

Recogió el vestido tendido sobre un sillón y la ropa interior del suelo, donde él la había dejado caer.

–Lo recordaré.

Dharr se puso el esmoquin y la túnica, luego el *kaffiyeh*, al tiempo que la veía vestirse. En cuanto cumpliera con su deber de presentarle al pueblo a la nueva reina, disfrutaría del placer de volver a desnudarla.

Una vez se hallaron presentables, le tomó la mano y la condujo a la entrada de la terraza.

Al acercarse a las barandillas que rodeaban la terraza, vio que fuera había congregada una gran multitud. Dos guardias emergieron de la oscuridad y los flanquearon a ambos lados mientras la gente comenzaba a vitorearlos. Situó a Raina delante y la rodeó con los brazos. Ella apoyó una palma en las dos manos unidas de Dharr y con la otra saludó mientras una miríada de cámaras se encendían en la noche.

–Me temo que siempre vamos a tener una cierta cantidad de reporteros pendientes de nosotros. Forma parte de esta vida –musitó él.

–Lo sé. Hoy leí un periódico de Los Ángeles en el que ponía: «Joven de California atrapa a un jeque» –lo miró–. ¿Sientes que te han atrapado?

–Me siento bendecido.

Después de un último saludo a sus súbditos, regresaron a la habitación.

–¿Cuándo vas a llevarme de luna de miel? –quiso saber ella mientras le quitaba el *kaffiyeh* de la cabeza y le deslizaba la túnica por los hombros.

Él alargó el brazo para bajarle la cremallera de la espalda.

–¿Aún quieres ir a California?

–Sí, quiero mostrarte la playa. De cerca, como tu guía personal –le soltó los botones de la camisa–. Sin ropa.

–¿Te importa si hacemos otra parada durante nuestra estancia en los Estados Unidos?

–¿Dónde?

–Tengo programado ver a mis compañeros de Harvard para nuestra décima reunión en el estado de Oklahoma.

–¿Para que todos podáis lamentar vuestras pérdidas por aquella ridícula apuesta?

–Para poder celebrar el hecho de que hemos ganado mucho más que perdido.

Los ojos de ella se nublaron.

–Como sigas diciendo cosas así, voy a volver a llorar. Casi estropeo mi vestido de boda durante la ceremonia.

–Lo arreglaré ahora –tiró de la tela de los hombros, dejando que el vestido cayera hasta formar un charco de encaje a sus pies–. Y te besaré las lágrimas, pero jamás dejaré de proclamar mi amor por ti.

–Te lo recordaré.

–Y yo te haré feliz esta noche. Todas las noches.

Lo empujó hacia la cama.

–¿Qué esperamos?

Con celeridad, se quitaron el resto de ropa que les quedaba y se fueron a la cama. Dharr eligió abrazarla durante un rato, saboreando la sensación de su cuerpo, sabiendo que jamás se cansaría de tenerla en sus brazos, en su vida. Hicieron el amor otra vez, al principio despacio, luego con la pasión que los había consumido desde el principio.

Después, Raina apoyó la cabeza en su torso. No se parecía en absoluto a la mujer que recordaba de todos aquellos años; era mejor, una mujer extraordinaria en todos los sentidos, y siempre sería suya, como él siempre le pertenecería.

Epílogo

En un rincón del Saddles Bar & Grill tres hombres importantes estaban reunidos con sus esposas: el vaquero, el rey y el príncipe, realizando un viaje de vuelta a sus pasados y hablando con libertad sobre las perspectivas de sus futuros. El bullicio se filtraba hasta la sala privada, pero ningún fotógrafo acechaba en las sombras, ningún *paparazzi* a la espera de captar una foto comprometida. Nada perturbaba la camaradería compartida por los amigos de tanto tiempo.

Con un brazo alrededor de los hombros de Raina, Dharr observaba divertido cómo Marc De-Loria provocaba a su mujer, Kate, quien aún seguía al teléfono hablando con la niñera que cuidaba de sus hijas en el rancho de Mitch Warner. La esposa de este, Victoria, tenía apoyado un brazo sobre el vientre hinchado con el bebé que esperaba… de hecho, dos bebés. Dos niñas.

Mitch tomó la mano de su mujer y preguntó:

—¿Estás bien, cariño?

Ella se movió en el asiento e hizo una mueca.

—Lo estaría si estos bebés cooperaran y aparecieran de una vez.

—Lo cual me recuerda, Halim —dijo Marc—, ¿cuándo pensáis tener un hijo Raina y tú?

Kate cerró el móvil y le dio un codazo a su marido, provocándole a él una mueca de dolor y a los demás una carcajada.

–Eso no es asunto tuyo, cariño.

–Sí que lo es –adujo Mitch–. Nosotros ya tenemos ventaja en nuestra paternidad, de modo que creo que ya es hora de que Dharr se lance.

Miró a Raina y sonrió.

–No pensamos tener hijos en uno o dos años. Aunque sí pensamos practicar mucho.

En esa ocasión el codazo se lo dio Raina a Dharr.

–Eres malo.

–Todos son chicos malos –afirmó Tori.

–Pero eso puede ser tan bueno –añadió Kate con una sonrisa.

Mitch alzó el sombrero vaquero, se pasó una mano por el pelo y volvió a acomodárselo en la cabeza.

–Superas todo lo que he visto, Dharr. Fuiste el primero en prometerte de forma oficial y has sido el último en casarte. Se supone que debes tener un heredero y ahora nos cuentas que ni siquiera planeáis tener un bebé en dos años.

–Es correcto. Y cuando tengamos nuestro primer hijo, sin duda será un varón.

Mitch alzó una mano.

–¿Quieres apostar algo?

–Excelente idea –añadió Marc–. Propongo que apostemos que el primero en tener un hijo varón…

–No continúes, Marc –dijo Kate–. Conociéndoos, eso significa que terminaremos como mínimo con diez hijos cada una si no tenéis éxito durante los primeros intentos.

Mitch miró a su esposa.

–Ahí está la cuestión. El placer radica en participar. ¿Verdad, Tori?

Tori le dedicó a su marido una sonrisa cínica.

–No creo que este sea el momento de hablar de tener un hijo, cariño.

Al ver una oportunidad para mostrar diplomacia, Dharr alzó la copa de vino.

–Por nuestros futuros hijos y por nuestras esposas, que nos han puesto de rodillas y, afortunadamente, han estropeado nuestra apuesta.

Tori alzó su copa con refresco.

–Creo que todas beberemos por eso, ¿verdad, chicas?

Tanto Kate como Raina coincidieron, elevando sus copas.

Marc levantó su cerveza.

Mitch lo imitó.

–Y por la amistad, el futuro y tres magníficas mujeres.

A medida que la reunión continuaba con más historias a cada cual más exagerada, los tres hombres coincidieron en una cosa: cuando se trataba de mujeres notables, y de enamorarse, todas las apuestas quedaban canceladas.

Deseo

UN COMPROMISO EXCLUSIVO

ANDREA LAURENCE

Atrapado en un ascensor con su empleada más apasionada, Liam Crowe, magnate de los medios de comunicación, no pudo controlar la química. Francesca Orr había empezado insultándolo en la sala de juntas y, después, lo había besado.

Liam empezaba a pensar cómo iba a llamarla: prometida, tal vez incluso esposa. Porque la única manera de mantener el control de la cadena de televisión, sacudida por los escándalos, era sentando la cabeza. Y Francesca le parecía la mujer perfecta para fingir que lo hacía. Esta aceptó ayudarlo, pero su relación pronto se convirtió en algo muy real.

*Lo que ocurre en el ascensor
se queda en el ascensor*

¡YA EN TU PUNTO DE VENTA!

Acepte 2 de nuestras mejores novelas de amor GRATIS

¡Y reciba un regalo sorpresa!

Oferta especial de tiempo limitado

Rellene el cupón y envíelo a

Harlequin Reader Service®
3010 Walden Ave.
P.O. Box 1867
Buffalo, N.Y. 14240-1867

¡Si! Por favor, envíenme 2 novelas de amor de Harlequin (1 Bianca® y 1 Deseo®) gratis, más el regalo sorpresa. Luego remítanme 4 novelas nuevas todos los meses, las cuales recibiré mucho antes de que aparezcan en librerías, y factúrenme al bajo precio de $3,24 cada una, más $0,25 por envío e impuesto de ventas, si corresponde*. Este es el precio total, y es un ahorro de casi el 20% sobre el precio de portada. !Una oferta excelente! Entiendo que el hecho de aceptar estos libros y el regalo no me obliga en forma alguna a la compra de libros adicionales. Y también que puedo devolver cualquier envío y cancelar en cualquier momento. Aún si decido no comprar ningún otro libro de Harlequin, los 2 libros gratis y el regalo sorpresa son míos para siempre.

416 LBN DU7N

Nombre y apellido	(Por favor, letra de molde)
Dirección	Apartamento No.
Ciudad	Estado	Zona postal

Esta oferta se limita a un pedido por hogar y no está disponible para los subscriptores actuales de Deseo® y Bianca®.
*Los términos y precios quedan sujetos a cambios sin aviso previo.
Impuestos de ventas aplican en N.Y.

SPN-03   ©2003 Harlequin Enterprises Limited

Tenía que hacer todo lo que él deseara... a cambio de cinco millones de dólares

El hijo de Kimberly Town- send estaba en peligro y la única persona que podía ayudarlo era su padre, el millonario Luc Santoro.

Luc ni siquiera sabía que tenía un hijo y creía que Kimberly no era más que una cazafortunas. Sin em- bargo, el guapísimo mag- nate brasileño estaba dis- puesto a darle el dinero que necesitaba... a cambio de que se convirtiera en su amante.

Pero Kimberly ya no era la muchacha inocente que él había conocido hacía siete años... e iba a hacer que perdiera el control de un modo que jamás habría imaginado.

Hijo de la pasión

Sarah Morgan

EL HIJO PERDIDO

JANICE MAYNARD

Consciente de que toda su vida había sido una mentira, Pierce Avery contrató a Nicola Parrish para encontrar respuestas. Descubrir que su padre no era su padre biológico había sido desconcertante; conocer a la deseable mujer que había tras la fachada profesional de su abogada lo iba a llevar al límite.

Sin embargo, su creciente pasión por Nicola podía estar cegándolo acerca de los verdaderos motivos para conocer la verdad de su pasado. Su corazón estaba listo para más, pero ¿realmente podía confiar en ella?

Desenterrando las verdades

¡YA EN TU PUNTO DE VENTA!